辻堂ゆめ

初恋部
恋はできぬが
謎を解く

実業之日本社

実業之日本社文庫

contents

Hatsukoibu♡

初恋部部員

ハル（東風晴香《こちはるか》）
帰宅部が校則で禁止になったため、「初恋部」を設立した部長。
イケメンにトラウマがあるため、初恋未経験。

なっちゃん（葛西菜摘《かさいなつみ》）
元サッカー女子県代表の、運動神経抜群女子。
自分以上にかっこいい男子に出会えず、初恋未経験。

アキ姉（長南千晶《おさなみちあき》）
眼鏡をかけた優等生で、日本史が大好きな歴女。
歴史上の人物以上に教養のある男性に出会えず、初恋未経験。

ふゆりん（北海芙由子《ほっかいふゆこ》）
学年一可愛く、ふわふわとした雰囲気の美少女。
信じられないほどモテるのだが人を好きになれず、初恋未経験。

プロローグ

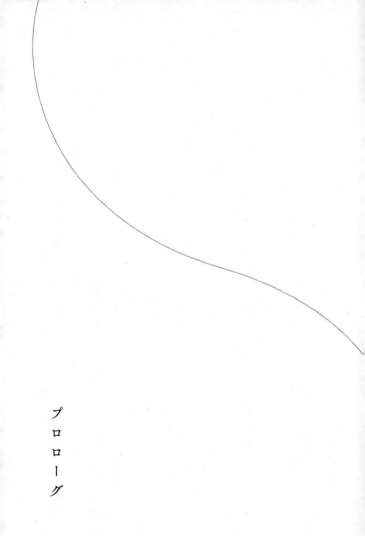

新年度早々、後頭部を鉄パイプで殴られた――ような衝撃に襲われた。

何ということだろう。これは本当に、まったくもって予想していなかった大問題だ。

「え、えぇぇぇぇ！」

椅子を蹴倒す勢いで立ち上がった私に、新しいクラスメートたちの視線が集まった。

隣の席に座っている美里《みさと》が、「ちょっと、ハル！」と慌てて私のブレザーの袖を引く。

「どうした東風《こち》、突然立ち上がったりして」

「今の、本気ですか!?」

「ん？　この学校で何の部活にも所属していない人は全体の一割って話か」

「じゃなくて、その前に言った――」

「歴史研究部や鉄道研究部が部員減少により廃部寸前だからおすすめって話か」

「その前！」

「ああ、今年度から当高校の生徒は全員何らかの部活に所属しなければならなくなった、ってくだり？」

やっぱり、聞き間違いじゃなかった。

頬がかっと熱くなる。先生はどうしてこんな重要なことを、まるで天気の話でもするようにさらりと流すのだろう。

横暴だ！　権力の濫用だ！　入学という契約を結んだ後でしれっと規約を変更するなんて、何たる悪徳行為！

――と、声高に叫びたくなるのをこらえ、私はぷるぷると両手の拳を震わせた。

「き、き、き、き、帰宅部じゃダメってことですか？　これからは」

「まあ、そういうことになるな」

「絶対に、どこかの部活に入らないといけないんですか？」

「新しい校長の方針だからな」

「どうして……」

「今度の校長は、中高六年間ずっとサッカー部だったそうだ。仲間と練習に明け暮れたのが、まさに青春だったと。ほら、さっき始業式で話してただろ」

まったく、まっっったく聞いていなかった。

青春の定義を押しつけるな、と言いたい。

……でも、言えない。

帰宅部であることが私の青春だなんて。

放課後すぐに自転車を飛ばして家に帰って、紅茶を飲みながらおやつを食べて、漫画にゲームにテレビにネットサーフィンに、夜ベッドに潜り込むまでひたすら好きなことをして過ごすのが、何よりも至福だなんて。

　きっと、サッカーが大好きな校長先生には、一ミリも理解してもらえないだろう。バレーボール部に所属して週六日の厳しい練習をこなしている美里や、他の多くの生徒にも。

「ハル、ショックなのは分かったけど、いったん座りなよ」

　美里が遠慮がちに私の脇腹をつつく。

「みんなびっくりしてるって」

「あ……ごめん」

　いったん着席しかけてから、私は再び弾《はじ》かれたように立ち上がった。画鋲《がびょう》か何かが落ちているとでも思ったのか、美里が怪訝《けげん》そうな顔をして私の椅子を覗《のぞ》き込《こ》む。

「あの、先生！」

「まだ何か」

「部活を、新設してもいいんですよね？」

「ん？」

「新しい部を作って、それに入れば、部活加入の条件を満たすことになりますよね？」

「まあ……別に問題ないと思うが」

よし！

「ありがとうございます！」

暗雲垂れ込める空から差し込む一筋のまばゆい光、を見つけた気がする。

ようやく椅子に座った私は、机の中から新品のノートを取り出した。始業式後の諸連絡を聞き流しながら、真っ白な最初の一ページに、脳内にむくむくとわき上がってきたアイディアを書き留める。

新年度最初のロングホームルームが終わり、教室から解放されたときには、私は自分の頭の冴《さ》え具合《ぐあい》に酔いしれていた。思わず笑みがこぼれてしまい、近寄ってきた美里に変な目で見られる。

「ねえ……ハル、いったい何を企《たくら》んでるの」

「ふふ、秘密」

「新しい部を作る、ってどういうこと？」

「美里も協力頼むよ」

「え、私？　さすがに女バレと兼部は無理だって」

「大丈夫、名前を借りるだけ。美里はなーんもしなくていいから」

そう、何もしなくていいのだ。

私は絶対、誰にも迷惑をかけずに、今の自分の生活を守り通してみせる——。

部活動申請書を担任の後藤《ごとう》先生のところへ持っていったのは、その翌日のことだった。

「は、初恋部ぅ？　何だそりゃ」

職員室の椅子に腰かけた先生が、予想どおりの反応をする。私は自分にできる最大限のスマイルを作りながら、申請書の活動目的欄を指し示した。

「ここに書いてあるとおりです」

「えーと……『生まれてこの方一度も恋をしたことがない女子生徒が、華のセブンティーンが終わるまでに無事初恋をできるようにする』？」

「部費は要りません。顧問の先生にも一切負担はかけません。空き教室で自主的に活動するので、部室も必要ありません。だからお願いです、設立を認めてください」

「待て待て、ダメに決まってるだろ、こんなふざけた部活」

「……ふざけた、部活？」

私は大きく息を呑《の》み、口を両手で覆った。

「ひどいです、先生。そんなふうに決めつけるなんて」

声を震わせ、精一杯傷ついた顔をしてみせる。

「私は真面目に悩んでいるんですよ！　高校二年生にもなって、まだ一度も人に恋をした経験がないことを」

「一度も？」

「はい。恋というのは恋愛の前段階であって、恋愛というのは結婚の前段階ですよね。大人になってからきちんと他の人と同じように社会生活を送れるのかどうか、私は毎日不安で不安で仕方ないんです。このままでは、日本の少子高齢化にほぼ確実に貢献してしまいます」

「いやあ、悩みすぎでは……まあ、高二で初恋がまだってのは確かに珍しいと思うが」

「ちなみに先生はいつでした？」

「小五かな」

「それが正常だと思います。私はただ、普通の女子高生になりたいだけなんです」

「でもなあ」

「校長先生が生徒全員に部活加入を義務づけることにしたのは、高校生という大事な時期に、私たちに〝青春〟を味わってほしいからなんですよね」

「であれば、高校生が誰かに恋愛感情を持つことだって、紛《まぎ》れもなく〝青春〟です！」

先生は苦い顔をしている。さっきのひどく傷ついた表情が効いたのだとしたら、私はとんでもない名優だ。

「結局のところ——歴史研究部や鉄道研究部と、目指すところは変わらないと思うんです」

「……ほう？」

「彼らは歴史や鉄道を研究するわけでしょう。同じように、私は初恋というものに焦点を当てたいんです。どうやったら他人に恋ができるのか。恋愛感情というのはどのようにして生まれるのか——」

「お、おう」

「これは人類の子孫繁栄に直結する、決して侮れないテーマなのです！」

「思ったより活動目的が壮大だな」

「先生」

「何だ」

「そもそも、歴史研究部と鉄道研究部の部員って、今何人なんでしたっけ」

先生がぎくりとした顔をして視線を逸《そ》らす。しばらくしてから、先生は観念したように「三人と、二人だったかな」と答えた。

「初恋部の設立メンバーは、現時点で五人集まっています」

「ううむ……よく集まったな」

先生が驚くのも無理はない。私以外の四人は、泣きついて騒ぎ立てる私に根負けして、新発売のコンビニスイーツと引き換えに名義を貸してくれただけの優しい幽霊部員たちなのだから。とほほ、今月のお小遣いが……。

「そ、それだけ多いんですよ！　私が今話したような悩みや不安を密《ひそ》かに抱えている女子高生というのは」

「そういうもんなのか……」

先生はこちらに傾き始めている。職員室内で屈指の人望を誇る後藤先生を納得させたら、すべては上手《うま》くいくはずだ。

もともと、この高校における部活動の考え方はとても柔軟だ。漫画研究部やクイズ研究部はもちろん、中にはオペラ研究部や筋トレ研究部といったひどくマニアックな部活もある。

だから私は最初から確信を抱いていた。顧問になってくれる先生さえ確保できれば、初恋部という謎の部活の設立も問題なく承認される——と。

私立向日葵《ひまわり》高校初恋部。

我ながら、最高にいい響きだ。

これは単なる偶然だけれど、向日葵の花言葉は「あなただけを見つめる」。高校の名前がこれだから、初恋部などという可愛《かわい》らしすぎる名称の部活も、それほど悪目立ちせずに済む。

「今のプレゼンでよく分かったよ。恋という普遍的な事象について、東風がどれほど真剣に考えているか」

「分かってもらえて嬉《うれ》しいです」

「お目当てはこの欄だろ」

後藤先生は申請書の一番下にある『顧問署名』という欄を指差した。私は両手の指を組み合わせ、首を縦に大きく動かす。

「仕方ないな。名前は書いてやるよ。ただし、俺はバドミントン部の指導で手一杯だから、一切顔は出せないぞ」

「ありがとうございます！」

「じゃ、この申請書は預かるから」

呆《あき》れた顔をした後藤先生に向かって深くお辞儀をする。私は今にも踊り出しそうになりながら、急ぎ足で職員室を出た。


　それから二週間後。

「美里！　今日、部活休みだよね。一緒に帰ろ！」

　さようならの挨拶が終わるや否や、私は美里に身体をすり寄せて腕を絡めた。美里は苦笑して、私の額を人差し指で軽く突く。

「今日も活動しなくて大丈夫なんですか。初恋部部長の東風晴香《はるか》さんっ」

「いいのいいの。あれはペーパーカンパニーだから」

「ハルにしては難しい言葉を使うね」

「あ、バカにしたなあっ！」

　普段はぽやんとした平凡な女子に見えるかもしれないけれど、いざというときには頭が回るのだということを主張しておきたい。

　だって、すごいことではないか。先生をあの手この手で言いくるめ、初恋部というペーパーカンパニー――すなわち、書類の上では正式に登録されているけれど、活動の実体がない幽霊部活――を作り上げることに成功するなんて。

後藤先生に提出した部活動申請書があっさり受理されたのは、あの直談判《じかだんぱん》から三日後のことだった。

おかげで、全校生徒部活強制加入などという乱暴すぎる校則が誕生した後も、私は実質的に帰宅部であり続けている。

「ハルったら、よくやるよねえ。こんな部活を本当に作っちゃうなんて」

「あはは、すごいでしょ？」

「そこまでして帰宅部をやめたくないか」

「うんっ！」

「でもさ、初恋部に本物の入部希望者が現れたらどうするの？」

「本物の入部希望者？」

美里の質問に、私は目をぱちくりと瞬いた。

「今は私みたいにさ、ハルに頼み込まれて名義を貸しただけの幽霊部員ばかりだからいいけど……もし、本当に活動したい子がやってきたら？　入部を断るなんてできないよ」

「あはは、全然問題なし！　初恋部に入るには、『生まれてこの方恋をしたことがない女子生徒』って条件を満たさなきゃいけないんだよ。高校生にもなって初恋がまだなんて、私くらいのものでしょ」

「そうかなあ」

「大丈夫大丈夫。この厳しすぎる入部条件を突破できる子なんて、絶対現れないって」

一応初恋部の名前は、全校生徒に配布される部活動紹介パンフレットにも掲載されている。といっても大々的に宣伝ページを設けたわけではなく、冊子の一番後ろにある部活動一覧に、活動内容と部長の名前が小さく載っただけだ。周りのクラスメートが『初恋部』の存在に気づいている様子はないし、問い合わせだってまだ一件も来ていない。

だから、私には自信があった。初恋部というダミー部活への入部希望者なんて、この先一人として現れるわけがない。

「ねえ美里、コンビニでアイス買って帰ろ！」

「あ、いいね」

「新作のイチゴ練乳ソフト、昨日買ったけど美味《おい》しかったよ。おすすめ」

「ハルってそういうの詳しいよね」

「だって生きがいだもん」

ああ、やっぱり帰宅部でよかった。

毎日明るい時間に帰宅し、おやつに大好きなコンビニアイスを買える高校生活でよかった。

自分が守り抜いたささやかな幸せを噛《か》みしめながら、ようやく鞄《かばん》を肩にかけた美里と一緒に、二年二組の教室を出た。

廊下の窓から入ってきた暖かい春風が、私の前髪を吹き上げる。

そのとき——バタバタとした足音と、ハスキーな声が、背後で聞こえた。

「あのっ、東風晴香さん、いるかな?」

嫌な予感とともに振り向く。すると、背の高い女子が教室を覗き込んでいるのが見えた。上履きのゴムの色は青。私たちと同じ二年生のようだ。

凍りつく私のそばで、美里が「あーあ」と笑う。

「自分で蒔《ま》いた種だよ。いってらっしゃい、部長!」

美里が強い力で私の背中を押した。私がつまずきながら飛び出すと、教室のドアに手をかけていた女子が驚いたようにこちらを向いた。

「あ、君が東風さん?」

「そ、そうですけど」

「初恋部に入りたいんだ。今日って活動日だよね？」

彼女が腰をかがめる。ドキリとするほど整った色白の顔が、目の前に迫ってくる。

視界の端に、ひらひらと手を振りながら去っていく美里の後ろ姿が映った。私は半ば後ろに仰《の》け反《ぞ》り、ぽかんと口を開けたまま、真剣な顔をしている眉目秀麗《びもくしゅうれい》な女子を凝視した。


誰もいなくなった二年二組の教室で、私と彼女は向かい合った。

「あれ？　他の部員は？」

彼女がキョロキョロとあたりを見回した。私は冷や汗をかきながら、言い訳を考える。

「じ、実は、兼部してるメンバーがほとんどで！　活動日でも、なかなか人が集まらないんだ」

「あ、そうなんだ。残念。活動の様子を見学させてもらおうと思ったんだけど」

彼女はそばの机にひょいと腰かけ、脚を組んだ。短めのスカートから伸びるその脚の長さと、ほどよくついた筋肉に、私は思わず目を奪われる。

スポーティーな、黒髪のショートヘア。涼しげな瞳と、すっと通った鼻筋。顔は小さく、肩幅は広い。声の調子と制服からして女子だということは分かるけれど、メンズ向けファッション誌にモデルとして登場してもおかしくなさそうな外見をしている。

廊下で何度か見かけたことがある、ような気はする。ただ、これまで同じクラスになったことはないし、喋《しゃべ》ったこともない。

「あ、あの、お名前は？」

私がおずおずと尋ねると、彼女は「ああ、ごめん」と頭に手をやった。

「二年五組の、葛西菜摘《かさいなつみ》」

「あれ？　葛西菜摘って……まさか」

とある噂《うわさ》を思い出し、私は直立不動の状態で固まった。

「もしかして、サッカー女子県代表の？」

「うん。中学の頃だけどね。飽きたからもうやってないよ」

「あまりのイケメンっぷりに、幾人もの女子を虜《とりこ》にしてきたと名高い？」

「あー、そんな噂立ってんの？　ウケるね」

彼女はカラカラと笑った。目の前にいる入部希望者が学年の有名人であることに、私はひどく戸惑う。

「あの、葛西さんは――」

「なっちゃんでいいよ。みんなにそう呼ばれてるから」

そんなことを初対面で言われても、逆に呼びにくい。

「えーと、なっちゃんは……どうして初恋部に入ろうと思ったの？」

「去年の秋までは一応ソフトボール部にいたんだけど、何かもうスポーツ自体がめんどくなってさ。すぐ辞めちゃったんだよね。そしたら、この四月から校長が代わって、何かしらの部活に入らなきゃいけないってことになったでしょ」

「うん」

「それで、部活紹介パンフレットをパラパラとめくってたら、初恋部が目についたわけ」

あんなに目立たないところにあったのに……。

「ちなみにさ、『華のセブンティーンが終わるまでに無事初恋をできるようにする』って書いてあったけど、活動内容はどんな感じなの？」

「え、えーっと」

何も考えていない、とは言えない。

なけなしの知恵を振り絞ってアイディアを捻《ひね》り出《だ》そうとしていると、先になっちゃんがウキウキとした口調で話し始めた。

「私、勝手にいろいろ想像してたんだけどさ。例えば、部員同士のディスカッションとか?」

「……ディスカッション?」

「恋の成立条件は何か、とか、テーマを決めて議論するの」

「……あ、うん、そういう活動も計画してるよ」

「あとは、恋愛経験豊富な女子を招いての勉強会とか」

「……あー、そうそう、それもあるね」

「参考書を買ってきて読むのもありかなって。書店に行けば、恋愛ハウツー本みたいなの、いっぱい売ってそうだし」

「……そんな感じ、そんな感じ」

「やっぱり!」

なっちゃんは形の綺麗《きれい》な目を輝かせ、身を乗り出して私の手を取った。

「すっげー面白そう! 乗った! ぜひ参加させて」

「え、ええええっ」

「高二にもなって一度も恋したことないなんて自分だけかなってうじうじ悩んでたけど、同じ仲間がいたんだね。めっちゃ嬉しい」

「本当に？　……恋したこと、ないの？　一度も？」

「うん。だから入部しにきたんだよ」

「一応確認しとくけど……男子に恋したことがないとしても、じょ、女子と恋愛したことがあるなら、入部できないからねっ」

せめてもの抵抗とばかりに、私は声を張り上げた。するとなっちゃんは、一瞬きょとんとした後、大声で笑い出した。

「あはは、ないない。そこらへんの男子よりよっぽど女子にモテる自覚はあるし、告白ならよくされるけど、付き合ったことはないから」

「よくされるのか……」

「言っとくけど、性自認は間違いなく女だし、恋愛対象も男のはずだよ。じゃなきゃ、わざわざこうやって君を訪ねてきたりしない。――あ、そうだ、何て呼べばいい？」

「私？　ハル、かな」

「じゃ、ハル。これからどうぞよろしく」

さっきからなっちゃんに手を握られたままだったことに気づき、私は慌ててその手を振り払った。

大変だ。このままだと、なっちゃんが初恋部に入部してしまう！

どうにかして、入部を諦めさせなければいけない。

私は頭をフル回転させた。

「でも――ほら、今いる部員は兼部してる子ばかりだから、活動日も全然人が集まらないんだ。一応部活申請は通ったけど、実際活動するのは難しいかなとか、思ってたところで」

「えっ、そうなの」

「手が空いてるのは、部長の私だけなんだよね」

「じゃ、ハルと私の二人で活動する？」

「そういうわけにもいかないでしょ」

どこまでも前向きななっちゃんの提案をやんわりと拒否する。

だって、困るのだ。彼女が初恋部に入部したら、部長の私は活動に参加せざるをえなくなる。思い描いていた夢の帰宅部継続作戦が崩れてしまう。

「ディスカッションとか勉強会とか、せめて三人以上いればできるんだけどねえ。ごめんね！」

私は両手を合わせ、目をつむった。

これで、押しの強いなっちゃんもさすがに引き下がってくれるだろう――と、思っていた矢先。

教室の入り口で、声がした。

「ここ、初恋部の活動場所ですか」

「入れてくーださいっ」

一方は、冷静で落ち着いた声。

もう一方は、鈴を転がすような可愛らしい声。

なっちゃんがやってきたとき以上の嫌な予感を胸に、恐る恐る、私は両目を開いた。


二年八組、長南千晶《おさなみちあき》。通称、アキ姉《ねえ》。

二年七組、北海芙由子《ほっかいふゆこ》。通称、ふゆりん。

教室に入ってきた女子二人は、それぞれ自己紹介をした。促したのはなっちゃんだ。

部長の私はというと、啞然《あぜん》としたまま、まだ一言も喋っていない。

「アキ姉って、どうして『姉』がつくの？　まさか留年してるとか？」

なっちゃんが不躾《ぶしつけ》な質問をする。

アキ姉はストレートの長い黒髪を耳にかけ、赤い縁の眼鏡に手をやった。優等生然とした、いかにも頭がよさそうな外見をしている。

「いいえ。皆さんと同い年です。たぶん、大人びて見えるからとか、そういう理由でしょう。実際に弟と妹もいますし」

「へえ。三人きょうだいの長女なんだ。私もだよ。弟が二人いる」

「いいなあ、私は一人っ子〜」

ふゆりんが両手を組み合わせ、なっちゃんを見上げる。ふわふわパーマがかかった茶色いロングヘア、ぱっちりとした二重《ふたえ》の目。フランス人形のように色白の肌には赤みが差し、唇はぷるんとピンクに色づいている。

なっちゃんとふゆりんの組み合わせは、まるで映画かドラマに登場する美男美女カップルのようだ。私は思わず、二人のことをじろじろ眺めてしまう。

どうしてこれほど容姿に恵まれた子たちが、私の立ち上げた、初恋部なんかに……。

「ちなみにハルは？」

「え？」

「きょうだい」

突然雑談に引き入れられ、私はようやく口を開いた。

「私も一人っ子……だけど」

「わあ、一緒だねえ」

ふゆりんが微笑《ほほえ》む。それだけで、なんだか胸の鼓動が速くなる。そして、目の前に三人もの入部希望者が集まっていることが、何かの間違いなんじゃないかと疑いたくなる。

「え、えっと……二人は知り合いなの？　一緒に来たみたいだけど」

アキ姉とふゆりんを前に、やっとの思いで尋ねた。すると、ふゆりんが綺麗な声で答えた。

「アキ姉とはね、去年同じクラスだったよ。でも、ここにはね、一緒に来たわけじゃなくって」

「廊下でばったり会ったんです。話を聞いてみたら、彼女も初恋部の活動場所を探していたようだったので」

アキ姉がさらりと言葉を継いだ。「たまたま合流したってわけか」となっちゃんが頷《うなず》く。

「ってかさ、敬語やめない？　全員二年生なんだし」

「元からこういう喋り方なんです。気にしないでください」

「ふうん、そっか」

なっちゃんは両手を頭の後ろで組み、脇腹のストレッチをするように上半身を真横に傾けた。それから不意に、悪戯《いたずら》っぽい視線を私へと向ける。

「ねえ、ハル」

「はい？」

「さっき、三人以上いれば初恋部の活動ができるって言ってたよね。これで成立するんじゃない？」

「えっ！」

確かにそうだ。私は先ほど、他でもない自分の口で、初恋部の発足条件を提示してしまった。せめて三人以上いればできる——と。

いやいや、待て待て。

この初恋部は、帰宅部という地位を守るためのペーパーカンパニーだったはずだ。まさか本当に活動したい子が集まってくるなんて、まったく想定していない。

「三人とも、どうして今日になって入部しにきたの？　部活紹介パンフレットはとっくに配られてたよね」

私がむきになって尋ねると、ふゆりんが「ご、ごめんね」と目を伏せて謝った。三人をどうにかして追い返さねばという思いが強すぎて、ちょっぴり怖がらせてしまったようだ。

「体験入部期間は、四月いっぱいでしょう。ギリギリまで、迷ってたんだ。私、家庭部にも入ってるから、ちゃんと両立できるかなって」と、ふゆりん。

「私も似たような感じです。今月前半は歴史研究部の新歓活動に追われていて、自分のことになかなか手が回らなくて。今週になってようやく時間ができたので、顔を出してみました」と、アキ姉。

「私はさ、何も今日が初めてってわけじゃないの。先週から何度か二組の教室に足を運んでたんだよ？　でも、うちの担任、帰りのホームルームがやたらゆっくりでさ。終わってすぐに駆けつけても、いつも二組はとっくに解散してて。やっとハルを捕まえられたのが今日だったたってわけ」と、なっちゃん。

みんなの返答に、私は目を白黒させた。

なっちゃんが、そんなに私を探し回っていたなんて。

そして、アキ姉とふゆりんは、わざわざ歴史研究部や家庭部と兼部してまで、初恋部に入ろうとしているなんて。

本当は、誰か一人くらいから、意識の低い答えが返ってくるだろうと予想していた。校長先生の命令で、四月の終わりまでに何らかの部活に入らなきゃいけなくなったから、とりあえずラクそうな部活に所属しにきました——というような。

もしそうだったら、それを口実に入部を断ってしまおうと思っていた（自分のことは棚に上げて）。

その作戦は失敗だ。

「ええと、一番大事なことを訊《き》くけど！」

私は三人に人差し指を突きつけた。

こうなったら、最後の砦《とりで》はあれしかない。

「初恋部は、名前のとおり、初めて恋をすることを目指して活動する部だよ。みんな、『生まれてこの方恋をしたことがない』っていう入部条件は、きちんと満たしてるんだよね？」

「もちろん！」

「ええ」

「満たしてるよっ」

三人とも即答だった。私はがっくりと肩を落とす。

そんな私の落ち込みようには気づかない様子で、三人は楽しげに言葉を交わし始めた。

「へえ、超意外。初恋未経験の女子が、学年内にこんなにいるもんなんだね」

「私も驚きました。特にふゆりんは、男子からの人気がものすごいので、とっくに恋愛経験があるものかと」

「えへへ、実はないんだあ。好きになってくれる男の子は多いし、告白もよくされるけど、オーケーしたことはなくて」

「お、私と似たようなこと言ってる」

「あれ、なっちゃんも？」

「私の場合は女子からだけど」

「確かに、女子受けしそうな外見をしてますね」

ううむ、頭の痛くなりそうな会話だ。

「ふゆりんはさ、自分では、どうして恋ができないんだと思う？」

「それが、全然分からなくって。人を好きになるっていうのがどういうことか、ちっともピンと来ないんだよねえ。なっちゃんは、心当たりある？」

「私はあるよ。明確に」

「なあに？」

「自分よりかっこいい男子がいないから」

私は思わず「へ？」と声を上げた。冗談を言ったのかと思ったけれど、なっちゃんは至って真面目な顔をしている。

「だってそうでしょ。どんなモテ男が目の前に現れても、鏡に映った自分のほうがイケメンだって思っちゃうんだもん。スポーツだって大抵私のほうができるし、女の子の扱いだってよっぽど心得てるし」

「要は、自分のスペックが高すぎるせいで、異性に対する理想が爆上がりしてるってことですね」

アキ姉がふむふむと頷く。ふゆりんが「本当だ、大変だねえ」と同情する傍ら、私は呆気《あっけ》に取られてなっちゃんの顔を見つめた。

そうか、世の中にはこういう特殊な悩みを抱えて生きている人もいるのか……。

「じゃ、アキ姉は？　なんで恋したことないの」

「私の場合も、原因ははっきりしています」

「というと？」

「歴史や古典が好きすぎるんですよね」

「歴史？　古典？」

なっちゃんが目を瞬いた。アキ姉ははにかんだ笑みを浮かべ、解説する。

「私、日本史を勉強するのが趣味なんです。あとは、万葉集や源氏物語といった古典を読むのも。そうすると、現代の男子との比較対象が、どうしても歴史上の偉人や物語の登場人物になるわけですよ。例えば菅原道真《すがわらのみちざね》や光源氏《ひかるげんじ》。まあ、普通に考えて、太刀打ちできるわけがありませんよね」

「お、おう」

「つまり、恋ができない原因は、なっちゃんとある意味似ているんです。異性を好きになるハードルが上がってしまっている、という」

大人しそうな外見のわりに、一番パンチが強いのはアキ姉かも——と、私は頭の中にメモをした。

「ちなみにハルは？」

ふと、なっちゃんが私を振り向く。

「えっ、わ、私？」

「こういう部活を立ち上げるくらいだから、自己分析は済んでるんでしょ。自分が恋をしたことない理由について」

「ええっと、それは——」

分かっている。でも、言うのが恥ずかしい。

なっちゃん、アキ姉、ふゆりんの三人がこちらを見つめている。

ああ、もう。

好奇の視線を向けられるのに耐えられなくなり、私は目をつむって叫んだ。

「小さい頃、間違って、イケメンの脚に抱きついちゃったから！」

ぽかんとした空気が伝わってくる。

だから言いたくなかったのだ。

しばらくして、ふゆりんが「どういうこと？」と顎に人差し指を当てた。

「四歳くらいのときかな……ハンバーガーショップのレジに並んでるとき、お母さんと間違えて、目の前にいた長身イケメンの脚に抱きついちゃって。そのときにお母さんにこっぴどく怒られたせいで、イケメン恐怖症に……」

「嘘《うそ》、何それ」

なっちゃんが笑いをこらえるような顔をする。

「笑いごとじゃないんだよ！　先天的には面食いのはずなのに、後天的にイケメンへのトラウマができちゃったせいで、全っ然初恋ができる気配がないんだから！」

「分かった分かった。笑って悪かったよ」

なっちゃんがぽんと私の頭に手を置き、よしよしと撫《な》でてくる。その手の動きが心地よくて、私はすっかり牙《きば》を抜かれてしまった。

「いいんじゃない、似た者同士の四人ってことで」

なっちゃんが声を弾ませ、黒板へと駆け寄った。白いチョークを手に取り、大きな字で『初恋部決起会』と板書する。

「よかったねハル、これで初恋部の活動が始められるよ！」

豪快なイメージとは裏腹に、とても丁寧な字だ。ディスカッションの際、彼女には書記をやってもらえばいいかもしれない――などと考えている自分に気づき、私は愕《がく》然《ぜん》とした。


た、大変なことだ。

初恋部などという、ただの隠《かく》れ蓑《みの》のつもりで作ったへんてこな部が――正真正銘、発足してしまったではないか！

1時間目

恋は盲目と言うけれど

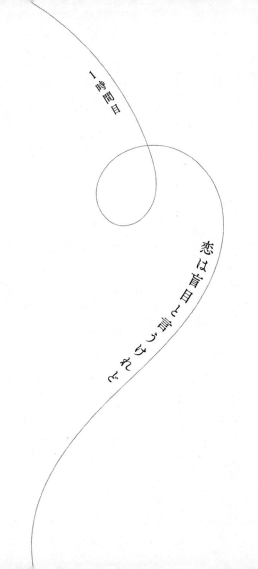

二年二組の教室に、四月終わりのそよ風が吹き込む。

その片隅で、私たちは今日の活動を開始しようとしていた。

部長の私は、司会として前に立つ。字が綺麗なななっちゃんは、黒板の前に陣取る。アキ姉とふゆりんの二人は、最前列の椅子に腰かける。二人の手元には、ノートとシャーペンがきちんと用意されている。

そして、黒板には、なっちゃんが書いた大きな文字。


『恋せよ乙女！　ブレインストーミング　＆　ディスカッション』


とても仰々しくて、とても恥ずかしい。クラスメートが忘れ物を取りに戻ってきたりしたらどうしよう、とドキドキしてしまう。

「えーと、それでは……初恋部の活動を、始めます」

「お願いしまーす！」

私のおどおどした声に続き、三人の溌剌《はつらつ》とした声が教室に響き渡った。開いた窓の外からは、野球部が校庭で練習する声が聞こえてくる。

「今日は、恋の成立条件というか……どうやったらこんな私たちでも恋をすることができるのか、四人で意見や解決策を出し合いたいと思います。——あ、自己分析シートは持ってきましたか」

「はーい！」

ふゆりんが元気よく手を挙げ、ノートに挟んであった紙を取り出してひらひらと振った。前回、なっちゃんの提案で各自取り組んだものだ。それぞれ恋ができない原因を書き出してから、その解決策を箇条書きにしてみた。そのあと四人で回し読みをしたから、互いが抱える「問題」に関する理解はそこそこ深まっている。

私は——過去のトラウマによりイケメン恐怖症を患っていること。

なっちゃんは——自分のスペックを超える男子がいないこと。

アキ姉は——歴史上の偉人や古典の登場人物に惚《ほ》れ込《こ》みすぎていること。

ふゆりんは——まだ謎に包まれている部分も多いけれど、おそらく一人でいるのが好きなせいで、他人をそれほど求めていないこと。

「ちなみに……ええっと、ブレインストーミングというのは、みんなでとにかくアイディアを出し合うことです。ルールは二つ。一つ目は、他の人の意見を否定しないこと。二つ目は、アイディアの質より量を重視すること。以上です」

私ったら、どうして真面目に司会なんかやる羽目になってるんだろう……。

存分に嘆きたい気分だったけれど、みんなのキラキラとした視線を感じ、私は仕方なく議事を進行した。

「では……どうぞ」

「え、もう言っていいの？」

「うん。思いついた人から」

ブレインストーミングのやり方は適当だ。本当は、付箋に書いて模造紙に貼るとか、同じカテゴリの意見同士を括《くく》るとか、どうやら正式な手順があるみたいだけれど、そんなものは気にしない。だって面倒臭いから。

「はい！」

「ではなっちゃん」

「すべては顔だと思うな、顔！」

さすがなっちゃんだ。最初から究極にぶっ飛んだ意見を出してくる。

「だってさ、私やふゆりんがモテまくるのも、結局そういうことでしょ？　誰も文句を言えないくらいの、超絶美形の男子が現れたら、いくら枯れてる私たちでも恋せざるをえないんじゃないかな」

彼女はそうまくし立て、チョークを持った右手で『超絶イケメンが現れれば』と板書した。解決策というか、環境の変化を待つだけという消極的すぎる案だ。けれど、ブレインストーミングのルール上、反論することはできない。

「はい」

「ではアキ姉」

「男子を教育すればいいんじゃないでしょうか」

「教育？」

「平安時代の貴族なら誰しも詠めて当然だった短歌、昔の武士のたしなみであった能や茶道。そうした素養が欠けている男子が、現代にはあまりにも多いと思うんです」

「はあ……」

「それを学んでもらえれば、恋ができる確率も高くなるかもしれません」

呆れている私の隣で、なっちゃんが「なるほど」と頷き、せかせかと板書を始めた。

『相手の男子に教養を叩《たた》き込《こ》む』という、これまた他人任せの解決策が加わる。

「はーい～」

「ふゆりん、どうぞ」

「しっかり相手を知る機会が、必要なんじゃないかなあ」

ようやくまともな案が出た、と私は安堵《あんど》のため息をつく。

ふゆりんはアイドルのように可愛らしい顔をやや翳《かげ》らせながら、ゆっくりと自分の意見を言った。

「いきなり告白されても、相手の男の子がどういう人か、全然分からないことが多くって。だから、どんな人であっても、まずはデートをしてみることが大事かなあ、と」

「ふゆりんがそんなことを言ってるって知ったら、デートを申し込む男子が殺到しそうだな」

すかさずなっちゃんが茶々を入れる。するとふゆりんは眉尻を下げ、「えー、それは困るなあ。全部断っちゃお」と無邪気に笑った。

男子、全員撃沈。

ふゆりん、それじゃダメじゃないか。

「えーっと、他にはあります？」

さっさと進めようと全員に尋ねると、「ハルは何かないの？」となっちゃんに切り返された。

「うーん、ふゆりんと同じ、かなあ。相手のことをよく知らないのに、好きにはなれないよね……」

斬新なアイディアを出せない自分にちょっぴり嫌気が差す。私はいつもこうなのだ。面白いことも言えないし、個性もないし、頭が切れるわけでもない。

「でも、ハルの場合に限ればさ、けっこういい解決策があるよ」

なっちゃんが黒板に寄りかかり、ニヤリと笑った。「え、何？」と私はゆっくり瞬きをする。

「解決策というか、治療法かな。ハルはイケメン恐怖症なんでしょ。それを治すには、ずばり！　イケメンの波に溺れさせればいい」

「……ん？」

何か、聞き間違えただろうか。

「つまり、イケメンがわんさかいるところに放り込んで感覚を麻痺《まひ》させるんだよ。最初はびっくりして心臓が止まるかもしれないけど、時間が経《た》てばだんだん慣れてくる。それで免疫をつけさせる」

アキ姉が「ああ、ワクチンと同じ原理ですね」とコメントし、ふゆりんが「見てみたーい」と無責任な発言をする。

「ひどい荒療治！　やめてよ！」

「イケメンがたくさんいる場所ってどこだと思う？　渋谷？　原宿？」

「六本木はどうですか」

「青山はどうかな～。あと、恵比寿も」

「ストーーーップ！　議論に戻るよ！」

私は両手を大きく広げ、三人の中央でぶんぶんと振ってみせた。まったく、自分から初恋部に入りたいなんて言ってきたくせして、誰も建設的な意見を出さないじゃないか。

……といっても、まあ、私も思いつかないのだけれど。

「はい。もう一つ、案を思いつきました」

「あ、お願いします」

救われた、とばかりに私はアキ姉を指名する。

今度のアキ姉は、なかなかに自信があるようだった。人差し指の先で眼鏡の位置を直し、レンズの奥からきりっとした目で私を見つめる。

「確率論で攻めるのはどうでしょう」

「か、確率論？」

なんだか急に難しい言葉が出てきた。数学の話なら、私は極力遠慮したい。拒否反応が顔に出ないよう気をつけながら、アキ姉の説明に耳を傾ける。

「仮説を立てるんです。例えば、学年一のモテ男は、平均的な男子に比べて、何倍くらいモテると思います？」

「何それ、超面白そうなんだけど」

なっちゃんがチョークを握りしめ、アキ姉のほうへと一歩進み出た。

「平均的な男子が告白される回数が三年に一回だとしてさ――」

「あくまで私の感覚ですが、もっと少ない気がします」

「えっ、そうなんだ」

そこらへんの男子よりもよっぽど女子から告白される回数が多いなっちゃんは、驚いた顔をして数字を修正する。

「じゃあ――とりあえず、六年に一回だとしてさ。モテ男はたぶん、ワンシーズンに一回くらいは告白されてるだろうね。私がそうだから」

「一年に四回、つまり平均的な男子の二十四倍というわけですね」

なんと、凄《すさ》まじい値だ。

「ということは、仮に私たちが特定の男子をターゲットにしてその人に恋をしようとした場合、平均的な男子を狙うよりは、学年一レベルのモテ男にロックオンしたほうが、初恋に至る確率が高くなるといえませんか」

「そっかあ。二十四倍！」とふゆりんが両手を組み合わせる。

「モテ男を複数揃《そろ》えることができれば、確率はさらに上がります。その上、こちらは四人。もっと視野を広げて、私たちのうち誰かがモテ男のうち誰かに恋をできる確率、として考えると――」

「とんでもなく高い確率になるな！　五百倍くらいかな！」

なっちゃんが興奮して足を踏み鳴らす。

……ん？　本当に？

数学は苦手だからよく分からないけれど……なんかおかしくない!?

私の混乱を他所《よそ》に、三人は大いに盛り上がっている。

「ってことは、とりあえずモテ男を四人くらい選定して、そのうちの誰かに恋をしてみようと頑張ればいいのか」

「そういうことになりますね」

「でも、頑張るって、どうやって？」

「いいこと思いついた！　モテ男を尾行してみようよ」

「尾行ですか。単純明快な解決策ですね。私はありだと思います」

「なっちゃん名案！　ずっと観察してれば、いいところが見えるかもしれないもんねえ」

「うんうん。そのうち誰かが誰かに恋するっしょ」

「んな適当な！」

思わずツッコミを入れてしまった。その途端、三人がくるりとこちらを振り返る。

「じゃあハル部長は、何か代わりの案がおあり？」

「う、それは……」

「なら、とりあえずやってみようよ。人の意見を否定しないのが、今日のルールでしょ？」

なっちゃんは強い。とても強い。

ぐうの音も出なくなった私は、その後二時間以上にわたって、『学年一モテ男ロックオン計画』の詳細を詰めていく作業に付き合わされる羽目になった。

改めて思う。

いったいどうして、こんなことになってしまったんだろうか……。

＊

「ハール、一緒に帰ろう」

ホームルームが終わり、ぽんと背中を叩かれた。窓の外を見やりながら今日の放課後の活動について考えていた私は、わっ、と大きな声を上げて飛び上がる。

「あっ、美里」

隣に立つ親友を見て、今日が水曜日だということに気がついた。

「そっか。今日、女バレは休みか……」

「女バレは、って……あ！　もしかして今日、初恋部の活動日？」

「あんまり大きな声で言わないでよっ」

クラスメートの目が気になり、キョロキョロと教室を見回す。幸い、美里と私の会話に注意を払っている生徒はいないようだ。

「確かに、怒濤《どとう》の入部希望者が現れたのも水曜だったもんね。三人入部したって次の日に聞かされて、びっくりしたもんなあ」

あれから、今日でちょうど一週間だ。

先週の水曜に、なっちゃん、アキ姉、ふゆりんの三人が二年二組の教室に襲来した。金曜に、記念すべき第一回目の活動として、なっちゃん発案の自己分析シートに取り組んだ。

今週の月曜にブレインストーミングをして、とりあえずモテ男を尾行しようという雑な結論に至り、細かい計画を練るのに付き合わされた。

そして今日が、計画の実行予定日——。

「書類上、活動日は月水金ってことにしちゃったからさ……」

そう愚痴ると、美里は「ええっ」と目を見開いた。

「ってことは、これから水曜にハルと帰れないってこと？　うわあ、悲しい」

「美里も一応部員なんだから、活動に参加してくれてもいいんだよ」

「それは遠慮しとく。私、初恋は小二のときに済ませたし」

「早っ！」

バレーボール一筋で、彼氏がいる気配も特にない美里なら——とちょっぴり期待したのだけれど、見事に裏切られた気分だ。

大抵の人は、初恋を小学生、遅くとも中学生までに終えている。中には、保育園とか幼稚園の人もいる。やっぱり、初恋未経験の高二女子が四人も集まってしまったのは、かなりの異常事態なのだ。

「まあ、また今度、土曜か日曜にでも遊ぼうよ。午前練の日とかに」

美里はそう言って、鞄を肩にかけた。

「うん、そうだね……私も本当は今すぐ帰りたいよ……」

「こら部長、弱音を吐かない。自業自得でしょ」

「は、はいっ！」

私が呆然《ぼうぜん》と見送る中、美里は「バイバーイ」とにこやかに手を振って教室を出ていった。さすがは女子バレーボール部の次期キャプテン候補だけあって、美里もなかなか手厳しいところがある。

自業自得、か。

まあ……確かにそうだ。

教室に人がまばらになってきた頃、廊下をバタバタと走る音が聞こえてきた。

「お疲れ！」

最初に飛び込んできたのは、例によってなっちゃんだ。しばらくしてアキ姉が姿を見せ、ふゆりんが天使のような笑顔を浮かべて教室に入ってくる。

「今日はいよいよ計画実行かぁ。超楽しみ！」

なっちゃんが何やら腕まくりを始めた。『学年一モテ男ロックオン計画』に向けて、気合いは十分のようだ。

月曜に、私たちは真剣な話し合いを行い、学年一レベルのモテ男と思われる男子を四人、独断と偏見により選び出した。

一人目は、メンズ向け雑誌の読者モデルをしている、演劇部のオシャレ男子。

二人目は、次期サッカー部キャプテンと噂される、爽やかなスポーツ万能男子。

三人目は、顔がよく学業優秀で、陸上部でも活躍するバランス型男子。

四人目は、優しくて誰にでも気遣いができる、美術部の可愛い系男子。

正直なところ、関わったことがない男子ばかりで、現時点ではどれもピンと来ない。なっちゃんやふゆりんがSNSを辿《たど》って掻《か》き集《あつ》めてくれた画像のおかげで、顔と名前だけは一致させることができたけれど、果たして上手くいくのかとても不安だ。

「では、初恋部の活動を始めます……」

「お願いしま～すっ」

「ねえねえねえ、誰がどのモテ男の後を尾行する？」

「どうやって決めましょうか」

「ジャンケンかなぁ？　それともくじ引き～？」

さっそく盛り上がり始めている。私は計画の前提条件を勘違いしていたことに気づき、慌てて三人に問いかけた。

「えっ、みんなで一緒に行動するんじゃないの?」

「違います。一人一モテ男担当で、ローテーションしていくんです。でないと、万が一同時に恋が芽生えた場合、いきなり三角関係になってしまうでしょう」

アキ姉の淡々とした解説を聞いて、私はずっこけそうになった。

そこまで万全を期す必要があるのだろうか。高校二年生に至るまで一度も恋をしたことがない私たちが、ちょっとモテ男を尾行したからといって、同時に初恋の瞬間を迎えるとはとても思えないのだけれど。

そもそも、それって完全に単独行動じゃないか。ここまで徹底すると、部活の存在意義に疑問を感じなくもない。

「ちなみに……ローテーションって、どのくらいの時間ごとにするの?」

「とりあえず今日は第一ローテーションのみです。それで、もし誰も初恋に至らなければ、次回の活動日に第二ローテーションを行います。つまり、最長四日間ですね」

「え、そんなにかかるの?」

「こらこらハル、これくらいで面倒臭がってたら恋は始まらないぞっ」

なっちゃんが私の背中を勢いよく叩いた。「痛っ」と思わず声を上げると、ふゆりんがふふふと笑う。

「私、割り箸持ってきたよ。使うかな～と思って」

「ふゆりんナイス！」

「では、くじ引きで決めましょう」

ふゆりんが鞄から取り出した割り箸に、なっちゃんが素早く数字を書き込んでいく。部長の私から順番に、割り箸を引いていくことになった。

私が引き当てたのは、一番。

雑誌で読者モデルを務める、演劇部のオシャレくんだ。

名前は――ええと、千川翔《せんかわしょう》。

くじ引きの結果、なっちゃんがサッカー部次期キャプテン、アキ姉が学業優秀なバランス型男子、ふゆりんが美術部の可愛い系男子を追うことになった。

再集合する時間を十八時、それまでの間も随時スマートフォンで連絡を取り合うと決め、なっちゃんの「解散！」の一言でてんでばらばらに教室を飛び出す。

「あ、そうだ、ハルっ」

演劇部の活動場所である体育館の舞台に向かおうとしていると、ふゆりんに後ろから呼び止められた。

「千川くんだけど、今日は部活に遅れていくみたいだよ」

「あっ、そうなの？」

そういえば、千川翔とふゆりんは同じクラスだ。

「特別棟の屋上に行ってみたらいいんじゃないかなあ」

「屋上？　特別棟の？」

「千川くん、やる気がない日はいつもそこでゴロゴロしてるから」

あ、そういうタイプの人ね——と察する。

そういう不真面目な人でも、学年トップレベルでモテるのはなぜだろう。やっぱり、雑誌に載るほどの整った容姿をしているからだろうか。

「私もそっちに行くから、一緒に行こう～」

「あ、うん」

美術室に向かうふゆりんと連れ立って、私は特別棟へと向かった。

ここ向日葵高校では、屋上というと、基本的には本校舎の上を指す。ところどころに花壇やベンチが設置されていて、ちょっとした屋上庭園のような造りになっている、とても素敵な空間なのだ。本校舎の屋上は、昼休みは弁当を食べる生徒で賑《にぎ》わい、放課後もダンス部や園芸部が活動している。

そっちの屋上に人が吸い寄せられるからこそ、がらんとして殺風景な特別棟の屋上というのは、サボりたい人間にとっての絶好の隠れ場所になるのだろう。

特別棟に行くには、いったん本校舎の外に出てから校庭の端を経由するルートと、二階の渡り廊下を通って直接入るルートがある。わざわざ一階に降りるのは遠回りになるため、私たちは迷わず後者を選択した。

特別棟は三階建てで、一階が理科実験室、二階が美術室と家庭科室、三階が音楽室という構造になっている。渡り廊下を抜けたところでふゆりんと別れ、私はひとり階段を上った。

屋上へと続く扉は、開けっ放しになっていた。

爽やかな風が頬に当たった。春にしては強い日光が、屋上の隅から隅まで降り注いでいる。

眩《まぶ》しさに目を細めながら、私は屋上に足を踏み入れた。ふと、奥のフェンスのそばに男子生徒が寝転がっているのに気づき、慌てて扉の後ろに回り込んで身を隠す。

長い脚に、アッシュ系の茶髪。

ふゆりんが見せてくれた写真どおりだ。あれが千川翔で間違いない。

日向《ひなた》ぼっこをしてまどろんでいる彼が、私に気づいた様子はなかった。ちょっと距離があるけれど、私はいとも簡単に、モテ男の姿を観察する絶好のポジションを手に入れてしまったことになる。

一応、ポケットからスマートフォンを取り出して、『特別棟の屋上に到着。眠っている千川翔を発見』と初恋部LINEグループ（というものを部長の私が作らざるをえなかったのだ）に投稿しておく。

すぐに、三人からも返信があった。『校庭の隅に座ってまーす』とか、『美術室をこっそり覗き中』とか、『塾の時間までぶらぶらするつもりみたい。まだ教室を出ません』とか。

どうやら、私が一番楽なターゲットを引き当てたみたいだ。相手は動き回らないし、屋上という場所も心地いい。

それで――肝心の、モテ男くんだが。

イケメンは苦手だし、できれば話したくもないし近寄りたくもない。だけど幸いなことに、相手が寝ているおかげで恐ろしさは軽減された。

目を凝らして、千川翔の寝顔を観察してみる。

確かに、顔の造形は端整だ。さりげなく緩めた制服のネクタイや横に流した前髪も、どことなくセンスがいい。本人がなりたいと望めば、俳優かモデルとしてどこかの事務所が契約を結んでくれるんじゃないだろうか。

でも、よく見ると、開いた口の端にはよだれが光っていて、そばに投げ出してある鞄の中は雑然としている。屋上でぐーすか寝ているところといい、隙の多い男のようだ。

そういうところが、逆に女子の心をときめかせる……のかな……？

——と、確証が持てない時点で、私は女として終わっているのかもしれない。

イケメンが屋上で寝ているという光景が絵になることは理解できる。けれど、それを他人事《ひとごと》のようにしか捉えることができない。「可愛い」とか「きゅんとする」とか、そういう少女漫画によく出てくる感情がわいてこないのだ。

むしろ、「ああ、よだれなんか垂らして犬みたいだなあ」とか、「オシャレにするのは人に見える部分だけかあ」とか、ひねくれた感想ばかり頭に浮かぶ。これも、イケメン恐怖症の反動なのかもしれない。

そもそも私は典型的なイケメンが苦手なのだから、モテ男四人の中で、千川翔は最も苦手なタイプといえる。

第二ローテーション以降に賭けたほうがいいかもしれないな。

……というか、暇だな。

何度もスマートフォンの時刻表示を確認しながら、たまに寝返りを打つ千川翔を観察し続け、四十分ほどが経過した頃だった。

不意に、誰かが階段を上ってくる足音が聞こえた。

扉の陰で、私は身を硬くする。コンクリートの壁にぴったりと背中をくっつけて座り、万が一見つかったとしても休憩しているだけに見えるよう、一心不乱にスマートフォンをいじり始める。

「あ、千川くん！」

女子の声が聞こえた。寝ている千川翔に駆け寄ったようだ。

「お？　……おお」

「あの、千川くん。ごめんね、演劇部の人にＬＩＮＥで訊いたら、ここにいるかもって教えてくれて」

「そうか。……どうした？」

くぐもった声だ。まだ寝ぼけているのかもしれない。

「あのっ！　私、千川くんのことが好きですっ」

……えええええええ？

叫びそうになるのを必死でこらえ、私は口元を押さえたまま扉の陰から顔を出した。

上半身だけを起こした千川翔が、間の抜けた表情で女子生徒を見上げている。

女子生徒のほうは、後ろ姿しか見えなかった。プリーツスカートから伸びる脚はすらりとしていて、セミロングの髪が風になびいている。

「よかったら、付き合ってもらえませんか」

「あ、ええと……」

「返事は今じゃなくて！　いつでも大丈夫だから！　待ってます！」

戸惑う千川翔を置いて、女子生徒はくるりと身を翻した。彼女がこっちに向かってくるのを察知し、私は急いで扉の陰へと引っ込む。

屋上を後にした女子生徒の足音は、あっという間に階下へと消えていった。

私はバクバクと波打つ心臓の上を押さえ、今起きた出来事を回想する。

「す、すごい……」

思わず、声に出して呟《つぶや》いた。

やっぱり学年一レベルのモテ男は、一般人とはわけが違う。まさか尾行開始一時間足らずで少女漫画のような告白シーンを目撃してしまうなんて、想像すらしていなかった。

これが、彼らにとっては日常茶飯事なのだろうか。……なっちゃんや、ふゆりんにとっても。

「あのさ」

突然近くで声がして、私は驚きのあまりお尻で跳び上がった。弾みで頭のてっぺんをドアノブに打ちつけてしまい、痛みに涙がにじむ。

見上げると、不審そうに目を細めた千川翔がこちらを見下ろしていた。

「お前、ここで何してんの？」

「えっ？　いやっ……ちょっと休憩を」

「そんな嘘つかなくても。どうせ、俺の寝顔を見てたんだろ」

堂々と糾弾してくる。はっきりとした証拠はないはずなのにそう断言できるのは、その自信を裏付けるような経験をたくさんしてきたのか、それともただのナルシストなのか。

千川翔は、私の足元に目を落とした。上履きのゴムの色を確認したようだ。

「お前、同じ二年なんだな」

「あ、うん、そうだけど」

「さっきの女子、知り合いだったりする？」

「……え？」

「ここで告白してきた奴《やつ》。上履きの色は俺らと同じ青だったんだけど、誰だかよく分かんなくてさ」

「よく分からない、って？　名前が知りたいってこと？」

「いやあ、なんていうか、そうじゃなくて――」

千川翔はバツが悪そうな表情をして、目を伏せた。

「――西日がきつくて、顔が見えなかった」

「はぁぁぁあああ？」

思わず大声を出してしまった。立ち上がり、千川翔と向かい合う。

に、西日が、きつくて？

「それってつまり、告白してきた女子の素性がまったく分からない、ってこと？」

「俺も寝起きだったからさ。悪いことをした」

「うっわあ」

「仕方ないだろ、完璧な逆光だったんだから」

「お返事待ってますって、あの子必死で言ってたのに！」

「そう。このままだと返事のしようがないんだよ。だからさ」

彼が突然人差し指を突きつけてきた。さっきからイケメンと至近距離で向かい合っていたことに今さら気づき、私は勢いよく後ろに仰け反る。

「お前、手伝えよ」

「え?」

「さっきの女の子を捜し出してほしい。ストーカーみたいに俺の寝顔を盗み見てたことは黙っててやるからさ」

それって、まるで脅迫じゃないか!

——とは、口に出せなかった。

イケメンをこっそり尾行していた罪は重い。私は大きくため息をつき、初恋部のLINEグループへとSOSを送信した。

初恋部の面々が、特別棟の屋上に集結したのは、それから十分後のことだった。

当の千川翔は、「あとはよろしく」と言い残して演劇部の活動場所へと去っていってしまった。まったく、人使いの荒い男だ。

「やっぱり読者モデルくんはすごいですね。私たちがたまたま彼を尾行しようと決めた日に任意の女子が彼に告白をする確率って、いったいどれくらいなんでしょう」

アキ姉が驚嘆するそばで、ふゆりんが「そんなに低くないと思うけどな～」と言いながら髪の毛をくるくると人差し指に巻きつけている。あなたは感覚がずれてるんだからね、とツッコミを入れたくなるのをこらえ、私は三人に向かって頭を下げた。

「面倒なことになって申し訳ないけど、千川翔に告白した女子を捜すのを手伝ってくれないかな」

「全然オッケーッ！」

「腕が鳴りますね」

「うーん、誰かなあ～？」

と、想像以上に乗り気で頼もしい一同。

「もし相手の女の子が見つかったら、千川くんとセットでインタビューさせてもらいたいねえ。次の活動日に」

「それ超いい！」

「恋多き男女の話を聞くのは勉強になるかもしれませんね」

などと、打算的な考えも見え隠れしている。まったく模範的な初恋部員たちだ。

そんな三人に、私は自分の見た情報を話した。

捜索対象の女子は、およそ十五分前にここ特別棟の屋上にやってきたこと。

上履きのゴムの色が青だったことから、同じ二年生と推定されること。

現時点で分かっている外見的特徴は、髪が地毛のセミロングであることと、すらりとした脚の持ち主であることの二つということ。

「二年生女子で、髪はセミロング、脚がすらっとしてる――って、これだけじゃ分からないなあ。何せ、学年に女子は百六十人いるからね」

なっちゃんが頭を掻く。それはそうだ。その条件に当てはまる女子を捜そうとしたら、軽く数十人はヒットするだろう。

「一人一人訊いていくわけにもいきませんしね。『あなた、千川翔に告白しました？』って」

「うん。とんだプライバシーの侵害だ」

「では――今から十五分ほど前にこの場所にいることができた女子、という方向で絞っていくのはいかがですか」

「なんかかっこいい！　アリバイみたいな感じ？」

アキ姉の提案に、なっちゃんが興奮した口調で食いつく。気をよくしたのか、アキ姉はちょっぴり頬を上気させながら、前提条件を整理し始めた。

「まず、ここ特別棟の屋上に辿りつくための経路は二つです。一つ目は、校庭に面した入り口から入り、一階から階段を上るルート。二つ目は、本校舎と特別棟を繋《つな》ぐ渡り廊下を通り、二階から階段を上るルート」

「もう一つあるよ。非常階段」

ふゆりんがふわりと腕を上げ、屋上の片隅を指差した。言われるまで気づかなかったけれど、そこには確かに古びた鉄製の外階段がある。

私は慌てて会話に割り込んだ。

「その女子は、屋内の階段から現れて、屋内に帰っていったんだよ。だから、非常階段は使ってないと思う」

「そっかあ。じゃ、気にしなくていいかな」

「でも、途中まで非常階段を使ったという可能性はありますよね」アキ姉が腕組みをして言った。「二階か三階まで非常階段を上って、残り一階分を屋内の階段で移動する、というような」

「それって、何のために？」

「人目を避けるためです。非常階段は建物の裏についているでしょう」

「ああ、そうか！　これから意を決して告白しにいくってときに、あんまり目立ちたくはないもんな」

なっちゃんが納得したように頷いた。

「ってことは、経路の選択肢は三つだね。一階の入り口、二階の渡り廊下、非常階段」

「そうですね。そして、このうち二階の渡り廊下については、問題の時間に誰も通らなかったと私が保証できます」

アキ姉の自信満々の言葉に、私は「ほ？」と素っ頓狂な声を上げた。

「えっ、どうして？　アキ姉、渡り廊下にいたの？」

「はい。ターゲットのモテ男くんが校内をぶらぶらしていたので追いかけていたんですが、渡り廊下の入り口のところで英語の竹内《たけうち》先生に捕まってしまって」

「ああ、あのお喋りの……」

「今度の定期試験には渾身《こんしん》の応用問題を出すんだとかなんとか、さっきハルに呼び出されるまで、結局二十分ほど雑談に付き合わされてしまいました」

「それは災難だったね」

「ですから、その間ずっと、竹内先生と私は渡り廊下の入り口に立っていたわけです。もちろん誰も通りませんでしたよ。こっそり脇をすり抜けようとしたら、竹内先生の格好の餌食になってしまいますからね」

アキ姉の言うとおりだ。仮に私が千川翔に告白を目論《もくろ》む女子だったとしたら、竹内先生の姿が見えた時点で、渡り廊下を通るのはやめる。絶対に。

「ちなみに、一階の入り口から入ったパターンもないな」

今度はなっちゃんが断言した。私は驚いて彼女の顔を見上げる。

「ど、どうしてそう言えるの」

「私さ、ずっと校庭の隅で待機してたわけ。特別棟の入り口がよく見える位置だったんだよね。その時間に建物に入っていった女子なんて、一人もいなかったよ」

「でも、ずっと入り口を見張ってたわけじゃないでしょう。目を離してた時間だってあるんじゃないかな」

「それがね、特別棟の目の前には野球部の奴らが集まってたんだ。あいつら、先生だろうが生徒だろうが、誰に会っても大声で挨拶するように叩き込まれてるじゃん？」

「ああ……」

なっちゃんが言いたいことがなんとなく分かったような気がする。

「制服を着た女子が正面入り口から特別棟に入ろうとしたら、絶対に奴らに見つかって『チワッス！』って声をかけられてたはず。でも、私が校庭にいる間、そんな声は一度も聞こえなかった」

やっぱり、そういうことか。

これで、三つあるうち、二つの経路が絶たれたことになる。

「じゃあ、やっぱりその女の子は、裏に回って非常階段から――」

「それもね、ないと思うなあ」

私が出そうとした結論を、ふゆりんが歌うように遮った。私だけでなく、なっちゃんやアキ姉も首を傾《かし》げる。

「あれ、ふゆりんって……美術室の前にいたんじゃなかったっけ」

特別棟の二階には、家庭科室と美術室がある。非常階段は家庭科室側にあるから、美術室と非常階段の両方をいっぺんに見張るなんて芸当はできないはずだ。

ふゆりんはくすくすと笑い、ぺろりと舌を出した。

「ごめんね。途中でつまらなくなっちゃって、外に出ちゃったの」

「えっ」

「非常階段の一番下に腰かけて、音楽を聴いてたんだ」

「お、音楽？」

「ずっと、人は通らなかったよ～」

な、なんてマイペースな。

そんなふゆりんを、なっちゃんが腰に手を当てて叱る。

「えー、ダメだよふゆりん、ちゃんとモテ男を観察しないと。そんなんじゃ、始まる恋も始まらないよ」

「だって、あそこで音楽聴くの、好きなんだもん。静かだし、人はいないし」

「部活中は禁止！」

「ごめんなさ〜い」

ふゆりんが両手で顔を覆う。その様子を眺めながら、私は懸命に頭の中を整理しようとした。

……あ……れ？

なんだか、矛盾してないか。

私の動揺を気にも留めずに、アキ姉が淡々と結論を述べた。

「これらの情報をもとに考えると、千川翔への告白が行われた時刻の直前に、外から特別棟の屋上に侵入できた女子はいないということになりますね。つまり、千川翔に告白をすることができたのは——」

「ハルか！」

「ハルだ〜！」

「ハルですね」

三人の鋭い眼光が、私を捉えた。

「ちがぁぁーーう！　そんなわけないでしょ！」

なっちゃんの腕の中で、私は必死に抵抗した。泥棒の現行犯逮捕じゃあるまいし、私の腕を後ろ手に捻り上げるのはやめてほしい。

アキ姉とふゆりんの視線が痛い。アキ姉は軽蔑したような表情をしているし、ふゆりんは悲しげに瞳を潤ませている。

「違うってば！　私が何のために初恋部を立ち上げたと思ってるの！」

「……千川翔に堂々と告白する機会を作るため、でしょうか」

「なわけないでしょ！　そんなにラクラク恋ができるなら初恋部の部長になんて就任しないよ！」

本当は帰宅部であり続けたいという不純な目的のもと設立した部活だけれど——だからといって、生まれてこの方一度も恋をしたことがないという自己申告に嘘があるわけではない。

「みんな、冷静に考えて。イケメン恐怖症の私が、あんなオシャレな読者モデルなんかに告白できるわけないでしょ！」

「恐怖症の話も、実はカモフラージュだったのかも……」

「ふゆりん、疑心暗鬼にならないで！」

「見損なったな。私たちを最初から裏切ってたなんて」

「なっちゃんも！」

反論すればするほど深みにはまっていく。

どうにかして、汚名を雪《すす》がなければならない。

私はなっちゃんに腕をつかまれたまま、必死に考え続けた。あの女の子が一生懸命告白していた現場は、私も千川翔も、しっかり目撃している。彼女がどこからも特別棟に侵入できなかったなんてことは、あるわけがないのだ。

さっきの推理には、絶対に穴がある。

「あ！」

ある可能性に思い至り、私は大声を上げてなっちゃんの手を振り払った。

弾みで数歩前方へとよろめいてから、三人のほうへと向き直る。

「みんな、決定的に見落としてるものがあるよ」

「何？」

「検証してくるから、ここで待ってて！」

急いで屋上を横切り、建物内へと飛び込んだ。階段を駆け下り、三階へと向かう。

三階の廊下には、合奏の音がかすかに漏れ聞こえていた。

私は構わず防音扉のハンドルに手をかけ、力を込めて回した。

扉を開け放した瞬間、圧倒的な厚みを持った音の束が、音楽室から突風のように噴き出す。

指揮をしていた顧問の先生が手を止めると、吹奏楽部の部員が一斉にこちらを振り向いた。ざっと五十人くらいはいるだろうか。

「何か御用ですか」

練習を中断されたのが気に食わなかったのか、顧問の先生が鼻の頭にしわを寄せた。

申し訳ない気分になりながら、私はつっかえつっかえ尋ねた。

「す、すみません、ちょっとお伺いしたいことが……今から二十分くらい前に、音楽室を抜け出してすぐに戻ってきた女子生徒はいませんか」

トランペットやフルートなど、様々な楽器を抱えた部員たちがざわざわと言葉を交わし、首を傾げる。

「誰もいませんよ。私の覚えている限りでは」

「ありがとうございます」

私は一礼するとすぐに防音扉を閉めた。どうやら目的の生徒は、吹奏楽部にはいないようだ。全体の指揮をしていた顧問の先生が言うなら間違いないだろう。

となると、次は——。

さらに階段を下り、二階の廊下に出る。たぶんさっきまではふゆりんが覗いていたであろう美術室の入り口に、私はさりげなく顔を出した。中では、五人の部員がそれぞれキャンバスに向かって絵筆を動かしている。

「あ、どうしました？」

しばらくして、ドアの一番近くに座っていた男子が顔を上げた。睫毛《まつげ》が長く、可愛らしい顔立ちには見覚えがある。私たちが勝手に選抜した、四人のモテ男のうちの一人だ。

「あの……この中に、さっき美術室を出て戻ってきた人はいない？」

「え？　五分くらい前に僕がトイレに行ったけど」

違う。男子はお呼びじゃない。それに時間も合わない。

「その前に、誰かこの部屋を出た人がいるでしょう」

「いや、みんなずっとここにいましたよ」

「本当に？」

「はい。だって僕、キャンバスで入り口を塞いじゃってるし。誰かが外に行こうとしたら、ちゃんと記憶に残りますよ」

「ええっと、絵はいつから描いてるのかな」

「一時間くらい前からです」

つまり、この一時間、美術室の外に出た女子生徒は一人もいないということになる。

「あ、ありがとうございました……」

私は蒼白《そうはく》になって、美術室を後にした。

よろよろと廊下を歩き、隣の家庭科室のドアに手をかけた。鍵がかかっていて、電気は消えている。家庭部の活動は休みなのだ。

それから一階へと下り、理科実験室を覗いた。ここも同じだった。どこかの部活が使っている様子はない。

念のため、屋上まで戻るついでに、一階から三階まですべての女子トイレを確認した。しかし、どの個室にも人が隠れている様子はなかった。

「嘘、なんで……」

私の仮説は完璧なはずだった。

特別棟に入るルートが封じられていたなら、あの女子生徒は元から建物の中にいたのではないか――と、考えたのだ。

吹奏楽部か、美術部。

それなのに、二十分ほど前に部活を抜け出して戻ってきたという条件に当てはまる生徒は一人もいなかった。

推理、当たらず。

とぼとぼと階段を上り、再び屋上に出る。「おかえり」というなっちゃんの声が聞こえ、私は力なく顔を上げた。

「どうだった？」

「ダメだった」

私は目の前の三人に、自分が先ほど立てた仮説と、その裏付けが取れなかったことを伝えた。私があまりに落ち込んでいるからか、三人は神妙な顔をしている。

「ハル、さっきはごめんね」

ふゆりんが近寄ってきて、私の肩に手を置いた。

「今ね、三人で話してたの。ハルがこんなに真剣に否定してるんだから、やっぱり千川くんに告白したのは別の人なんじゃないかなあ、って」

「よく考えたら、ハルが千川翔に告白していた場合、私たちに協力を求めるメリットが一つもありませんしね」

「ふゆりん……」

「アキ姉……」

「必死に反論してきたハル、かっこよかったよ。やっぱり、ハルが初恋部に懸ける思いは、並大抵のものじゃないんだな！」

うーん、なっちゃん、それだけは大いなる誤解だけれど。

とにもかくにも、この短い時間で三人がどうにか理性を取り戻してくれていてよかった。

「それにしても不思議ですね。特別棟に入る姿は目撃されておらず、建物内で活動していた部活のメンバーにも条件に該当する人はいない、というわけですか」

アキ姉が首を捻る。なっちゃんが「もしかして幽霊？」と低い声を出し、ふゆりんが「こわーい」と顔をしかめた。

本当に、アキ姉の言うとおりだ。千川翔に告白をしたあの二年生女子は、いったいどこからやってきて、どこに消えてしまったのだろう。

「もしかして」

私は、目の前に並ぶ三人の顔をぐるりと見回した。

「さっきの証言に、間違いがあったとか」

「ええっ、そんな。私たちが嘘をついたとでも？」

なっちゃんが心外そうに口を尖《とが》らせる。「そうじゃなくて」と私は慌てて首を左右に振った。

「見落としや、勘違いがあったかもしれないってこと」

「そうかなあ。なかったと思うけどなあ」

私は顎に手を当てて考え込んだ。

改めて、「特別棟の屋上に続くルートはすべて閉ざされていた」という結論を導き出すきっかけとなった、初恋部の面々の証言を振り返る。

まず、アキ姉は二階の渡り廊下の本校舎側入り口で、英語の竹内先生とずっと喋っていたと言っていた。竹内先生の性格上、近くを生徒が通れば大声で挨拶をするか、もしくは捕まえて雑談に巻き込むだろうから、そのあいだ他の生徒が通らなかったというアキ姉の言葉は正しいように思える。

次に、なっちゃんが、その時間に特別棟の一階入り口から入っていった女子生徒はいなかったと話した。

正直、これはちょっと怪しい。なっちゃんはサッカー部のモテ男観察に集中していたはずだから、いくら入り口が見える位置にいたといっても、終始見張っていたわけではないはずだ。だけど、練習している野球部のそばを通ると『チワッス！』と一斉に声をかけられるのは本当のことだから、その声が聞こえなかったというのはちょっと引っかかる。

そして、ふゆりんの証言だ。非常階段の一番下の段に座って、音楽を聴いていたというもの。非常階段は幅がとても狭いから、誰かが通ろうとしたらふゆりんが腰を上げてどいてあげなくてはいけない。これはやっぱり信憑性《しんぴょうせい》がありそうだ。

となると――。

私はふと新たな可能性を思いつき、勢いよく顔を上げた。

「なっちゃん！」

「何？」

「野球部のマネージャーかも――って可能性は考えた？」

「え、ええ？」

突然食いかかられて驚いたなっちゃんが、目を白黒させる。

「マネージャーって、飲み物を作ったりとか、物を取ってきたりとか、きっと雑務も多いよね？　部活中にちょっとくらい姿を消したって、不自然じゃないよね？　そのマネージャーが戻ってきたとしても、部員たちはわざわざ『チワッス！』って大声で挨拶したりしないよね？」

「それは……確かに」

なっちゃんが唸《うな》った。アキ姉が異議を唱える様子もない。ふゆりんはそのへんを飛んでいる蝶《ちょう》が気になるのか、ニコニコとそちらに視線を送っている。

私はほぼ確信していた。

これだ、絶対にこれだ。

「そうとなったら確かめにいかなきゃ！」

私は再び階段へと走り出す。今度は、三人も後ろからついてきた。

屋上から一階まで、一気に駆け下りた。息を弾ませながら外に出る。

目の前の校庭では、野球部が威勢のいい声を上げながら練習をしていた。近くで球拾いをしていた部員たちが、私たちに気づいて「チワッス！」と叫ぶ。その中にジャージ姿の女子を見つけ、邪魔にならないようにそっと近づいた。

「あの、すみません」

「あれ、晴香ちゃん。どうしたの」

振り返った彼女は、二組のクラスメートである上田香奈枝《うえだかなえ》だった。二年生からクラスが一緒になったばかりで、まだほとんど喋ったことがない子だ。

練習風景を見る限り、マネージャーは彼女の他にもう二人いた。香奈枝の髪はショートトカットだけれど、あとの二人は長めの髪を一つに結んでいる。背も低くなく、スタイルもいい。屋上に現れた女子生徒の条件に、見事に当てはまる！

「練習中にごめんね。ちょっと訊きたいことがあって」

「部長に怒られちゃうから、手短にお願い」

「今から三十分くらい前に、あの二人のどちらかが練習を抜け出さなかった？」

「え、マネージャーの？」

香奈枝はちらりと彼女らを振り返り、首を傾げた。

「ええと……確か、手前に立ってる子が、お茶を作りにいってたと思うけど。どうして？」

返答を聞いて、私は飛び上がりそうになった。

「ちょっと、あの子と話してもいいかな」

「呼んでくるね」

香奈枝は不思議そうにしながらも、三十分前にお茶を作りにいったというマネージャーを呼びにいってくれた。目がぱっちりとした細身の女子生徒が、素早く駆けてくる。

「何か御用ですか？」

気が急《せ》いていた私は、さっそく本題を切り出した。

「あなた——三十分くらい前に、特別棟の屋上にいましたよね」

「え？　屋上？　特別棟のですか？」

「千川翔と、秘密の話をしてたでしょう。私、見ちゃったんです。それで、あなたを捜すよう、依頼されて」

可愛らしいマネージャーは、パチパチと目を瞬いた。

「千川翔さんって——どなた、ですか？」

「はい？」

「私、その方のこと、知らないです。二年生の先輩でしょうか」

……二年生の、先輩？

「え、もしかして……一年生？」

「はい、そうです。まだ入部したばかりで。香奈枝先輩にはいつもお世話になってます」

マネージャーがペコリと頭を下げる。

しまった。ジャージにスニーカーという格好のせいで、まったく気がつかなかった。

一年生の上履きのゴムの色は緑だから、屋上に現れたのはこの子ではない。

「ちょっといいですか、ハル」

後ろから、遠慮がちな声がした。振り返ると、アキ姉が眉間にしわを寄せてこちらを見ていた。

「大変言いにくいんですけど……野球部のマネージャーが練習を抜けて告白したと考えるのは、やはり無理があるんじゃないでしょうか。わざわざ制服に着替え、上履きに履き替え、屋上に行って告白してから、またジャージに着替えて練習に戻るというのは」

よく考えればそうだ。野球部のマネージャーは、制服を着ていない。

そんな大事なことを見落としていたなんて、と私は愕然とした。

「というわけで、練習に戻ってもらって大丈夫。お騒がせしました！」

谷底に突き落とされた私の代わりに、なっちゃんが一年生のマネージャーを解放した。

「いいセン行ってると思ったんだけどね」

なっちゃんがぽんと私の肩に手を置いた。慰めているつもりらしい。

「いやあ、こうなるとますます謎だよね。千川翔に告白した子は、どこから入ってきて、どこから出ていったんだろう」

「もうさ……あの子、幽霊だったんじゃないかな……」

「こらこらハル、自暴自棄になるなって」

「でも、もう思いつかないよ」

がっくりと項垂《うなだ》れる。そんな私の耳に、聞き覚えのある声が飛び込んできた。

「よう。捜査は順調か？」

「あ、千川くん！」

「何だ、北海も一緒なのか」

いつの間にか、目の前に千川翔が立っていた。同じ七組のふゆりんと言葉を交わしている。

「千川くん、演劇部の練習に行ったんじゃなかったの」

「気になって戻ってきたんだよ」

「ふふ、自由だねえ」

「みんなで、俺に告った子捜しに付き合ってくれてるわけ？」

「そうだよ。千川くん、モテるねえ」

「天下の北海芙由子ほどじゃないけどな」

「嫌だなあ、そういうの～」

ふゆりんが微笑んだ。千川翔のほうは、まんざらでもなさそうな表情をしている。

「で、まだ見つからないわけ？　屋上で俺に告白してきた女子は」

「それがねえ、幽霊じゃないかって、話してたの」

「幽霊？」

眉を寄せる千川翔に、ふゆりんがこれまでの捜査の経緯を説明した。ひととおり話を聞き終わった千川翔が、こちらに目を向ける。

「あれ？　もしかして俺に告ったのって、お前だった？」

「違うってば！」

私は肩を怒らせて主張する。「冗談、冗談」と千川翔はへらへらと笑った。

「俺があの女の子に告白されてたとき、お前は扉の陰からこっそり覗いてたもんな。ストーカーみたいに」

「み、見えてたんだ……」

「ばっちりな」

「思いを寄せてくれてる女の子の顔は、きちんと見てなかったくせに」

「あれは角度的にさ、西日がきつかったんだって」

「何が西日だよ！」

　まったく、読者モデルだか学年一のモテ男だか知らないけれど、とんでもない男だ。部活をサボって屋上で寝るし、今だって練習を抜けてきているし。女の子の顔だって、ちょっと自分が立ち上がれば確認できたことじゃないか。

　よく見れば、オシャレに見える格好も、なんだかちょっとだらしない。ズボンは腰パン気味だし、髪の生え際はちょっとばかりプリンになっているし、片耳にイヤホンをつけたままだし――って、
　あれ？

　私はゆっくりと視線を動かし、ふゆりんを見た。

「ふゆりん、あのさ――イヤホンは？」

「え？」

「今、持ってる？」

「どうして？　持ってないよ」

　その回答に、アキ姉が眉を寄せる。

「さっき、特別棟裏の非常階段で音楽を聴いてたって言ってましたよね。イヤホンを持ち歩いていなかったということは、スマホから直接音を出して聴いてたんですか」

「ううん、アキ姉！　違う！　違うよ！」

私は興奮して、ふゆりんの両肩をつかんだ。

「もしかして——音が、漏れていたんじゃない？」

「音が？」なっちゃんが首を傾げる。「どこから？」

「特別棟から！」

「うん、そうだよ」

と、何も分かっていない様子のふゆりんがあっさり答える。

「あの時間の非常階段はね、すごく気持ちがいいの。窓が開いていると特にね、素敵な音楽がいくらでも聴けるんだよ」

「音楽、っていうのは——」

「フルートの音」

やっぱり、と私は拳を握りしめた。

吹奏楽部は、基本的に、特別棟三階の音楽室で練習をしている。私が見にいったときに合奏の音がほとんど漏れていなかったように、あそこは性能の高い防音室だ。非常階段に座っていたからといって、音がはっきりと聞こえてくることはない。

だけど、もしあの時間に、一階の廊下か理科実験室で、個人練習、もしくはパート練習が行われていたのだとしたら。

二階の美術室前にいたはずのふゆりんがわざわざ非常階段の一番下まで降りていたことも、「音楽」を聴いていたと発言したことも、すべて繋がってくる。

さっき私が各特別教室を回ったときは、すでに吹奏楽部は全体練習を開始していて、一階には誰もいなかった。だけど、その直前までは人がいたのだろう。

「一階に、フルートの子たちがいたの？」

「うん、いつもそうだよ。フルートは、音が漏れてもあまり迷惑にならないからかな、音楽室以外のところで練習することも多いみたい。一階の廊下とかね」

「こら、ふゆりん」

私の代わりに、なっちゃんがコツンとふゆりんの頭に拳をぶつける。

「そのことを早く言いなさい！　さっき、何のためにハルが特別棟じゅう回って吹奏楽部や美術部のアリバイを確かめたと思ってるの！」

「……あ！」

ようやくふゆりんが、何かに思い当たったような表情になる。

「ごめんね。そっかあ、言わなきゃいけなかったかあ」

どうもふゆりんは、私の話をあまり聞いていなかったようだ。さっきも屋上で蝶に気を取られていたし、これが彼女の基本スタンスなのかもしれない。

つまり——あの時間の前後に「音楽室を抜け出してすぐに戻ってきた女子生徒」はいなくとも、「二階でやっていたパート練習を抜け出してすぐに戻ってきた女子生徒」はいた可能性が高い、ということだ。

「そうとなったら、もう一度音楽室に突撃だ！」

私は三人を引き連れ、再び特別棟の階段を駆け上がった。

二階に差しかかったところで息が上がり、なっちゃんに追い抜かれる。

ひょっとしたら、今日はものすごい運動量をこなしているんじゃないだろうか。一年間帰宅部を謳歌《おうか》していた私には、少々きつい。

「ちょっと、ねえ、待って！」

半ば勝利を確信しながら、私は懸命になっちゃんを追いかけた。

私たちの呼び出しに応じて音楽室から出てきた二年生のフルーティストは、私が屋上で見たとおり、セミロングの髪とすらりとした長い脚の持ち主だった。

「あ、桜庭雫《さくらばしずく》だったか」

なっちゃんがぽつりと呟く。ふゆりんも「雫ちゃん！」と呼びかけて挨拶を交わした。聞くと、彼女は去年なっちゃんと、今年はふゆりんと同じクラスらしい。ということは、千川翔の現クラスメートでもあるわけだ。

桜庭雫は、ちょっと気の強そうな、というか、自分をしっかり持っていそうなタイプの女子だった。形の綺麗な目を私へと向け、「二回も訪ねてくるなんて、びっくり」と肩をすくめる。

「あのう」私は恐る恐る切り出した。「私が一回目に音楽室を訪ねたとき、気がつきませんでした？　たぶん自分のことを捜してるんだろうって」

「もちろん、気がついたけど」

「どうして名乗り出てくれなかったんですか」

「恋のライバルが、殴り込んできたのかと思って」

「えぇぇええ！」

私は唖然とし、後ろで三人が笑い出す。「そんなわけないよなあ、ハルに限って」というなっちゃんの言葉を聞き、桜庭雫が目を剝《む》いた。

「だったら何？　なんで私を捜してたの」

「お願いがあって」

「どんな？」

「本当に申し訳ないんだけど……もう一回、千川翔に告白してくれない？」

「え、ええっ？」

途端に顔を赤らめ、「どうしてよ」と喚《わめ》き始めた桜庭雫の背中を、なっちゃんが無理やり押す。そのまま、桜庭雫を連行するようにして五人で階段を上った。

開け放した扉から、柔らかな風が吹き込んだ。

屋上の真ん中には、照れ笑いをしている千川翔が立っていた。「ああ、桜庭だったか」と独り合点したように頷き、「やあ」と片手を上げる。

千川翔の目の前へと押し出された桜庭雫は、しばらく私たちのほうを見て口をパクパクと動かしていたけれど、やがて覚悟を決めたように千川翔とまっすぐ向き合った。

「千川くん」

「うん」

「どうしてもう一回言わなきゃいけないのかはよく分からないけど」

と不服そうに前置きしてから、桜庭雫は一気にその言葉を言った。

「ずっと、好きでした。私と付き合ってもらえませんかっ」

「ありがとう。嬉しいよ」

千川翔が、寝ぼけ眼をこすっていた一回目の告白のときとは打って変わって、爽やかな笑顔で答えた。

「これからよろしくな」

「……え！　本当に？」

「俺もさ、桜庭のこと、ちょっと前から気になってたんだ」

「よかったあ！」

フルート奏者、桜庭雫の笑顔が弾ける。

幸せそうな二人を前に、ふゆりんが拍手を始めた。なっちゃんとアキ姉が続き、私も慌てて加わる。

やめろよ、やめてよ、と息ぴったりに恥ずかしがりつつも、二人はなんだか嬉しそうだった。

遠くの空が、ほんの少し赤くなりかけている。まるで、今ここで誕生したカップルの心の中を映しているみたいだな、と私は思った。

＊

ゴールデンウィーク直前の、金曜日。

初恋部の四人以外誰もいない二年二組の教室で、なっちゃんが黒板に相合傘を量産し続けていた。

「はあー、よかったねえ、あの二人。ハルの不屈の精神のおかげで、ちゃんと返事するべき相手が見つかって、無事付き合うことができて」

若い人たちを羨むおばあちゃんのような口調で繰り返しながら、なっちゃんは赤いチョークで新たに相合傘を描く。その傘の下に、ふゆりんが白いチョークで『せんかわ』『しずく』という名前を書き入れていく。

「こら、二人とも、千川翔と雫さんに怒られますよ」

「大丈夫大丈夫、すぐ消すって」

「千川くんも雫ちゃんも、クラスではけっこうオープンにしてるし、ねえ」

せっかくの忠告をなっちゃんとふゆりんに取り合ってもらえず、最前列の席に座っているアキ姉はそっと肩をすくめた。

　私はその隣の席で頬杖《ほおづえ》をついたまま、ぼんやりと黒板を眺めていた。

「私たち、何やってるんだろ……初恋を目指すはずだったのに、他人の恋愛成就に貢献する羽目になるなんて……」

「ま、結果オーライだからいいじゃんいいじゃん」

「ところで、計画は続行しないの？　今日、本当なら第二ローテーションのはずじゃなかったっけ」

　私の問いかけに、なっちゃんがくるりとこちらを振り向く。彼女はショートカットの黒髪を片手でくしゃりと掻き乱し、「いやー、気が向かなくなっちゃってさ」と笑った。

「なんていうか、やっぱ無理だって悟ったんだよね。一般的によくモテる男子を長時間見つめるだけで恋に落ちようなんてさ。だってあいつら、私よりかっこよくないし、スポーツの才能だってそこそこだし」

「ちょっと、なっちゃん！」

　まさかの返答に慌てる私を他所に、アキ姉やふゆりんまでなっちゃんに同調し始めた。

「分かります。提案しておいて申し訳ありませんが、私も実感しました。現実に動く男子をいくら眺めても、歴史書や古典を読んでいるときのようなときめきは少しも得られません」

「ええっ⁉」

「ずっと同じ人を見張るのって、飽きちゃうしねえ。フルートを聴いていたほうが楽しかったな～」

「そんな……まだ第一ローテーションしかやってないのに」

「あ、ごめん。もしかして、ハルはまだ続けたかった？」

なっちゃんがニヤニヤしながら私の顔を覗き込んできた。「そんなわけないでしょ！」と私は思わず椅子から立ち上がる。

私はもともと、ずっと帰宅部でいたかったのだ。彼女らがこのペーパーカンパニーに入部してこなかったら、今ごろ家でお菓子を食べながらテレビを見ているはずだった。もしくは、スマートフォンをいじりながらソファでゴロゴロしたり、昨日発売された漫画を読んだりしているはずだったのだ。

だから、私が初恋部の活動を楽しんでいるわけなんて、あるはずがない。そう、あるはずが――。

ない、のだろうか。

相合傘を描く作業を再開しているなっちゃん。楽しそうに名前を書き込むふゆりん。そんな二人を呆れた目で眺めるアキ姉。

この三人と知り合えて、千川翔の依頼を解決するために特別棟を上から下まで一緒に走り回ったことが、なんだかちょっと楽しかったような……気が、しなくもなくもない、こともない。

いやいや私、春の陽気に頭がやられたか。

「じゃ、全会一致で『学年一モテ男ロックオン計画』は中止ってことで！」

なっちゃんがからりとした声で宣言する。

「水曜がハッピーエンドすぎたから、あのまま続きをやるのも野暮《やぼ》だしね」

「ハッピーエンドって、映画じゃあるまいし……」

私が何気なく呟くと、「あ、映画といえば」とアキ姉が突然立ち上がった。

「私、家の近くのレンタルビデオ店で、ＤＶＤを借りてきたんです」

「ＤＶＤ？」

「みんなで見れば、勉強になるのではないかと思って。ネットで調べたら、役に立ちそうなリストが出てきたんですよ。『絶対に見るべき、名作恋愛映画ランキング』という」

「お、最高じゃん！」となっちゃん。

「楽しそう〜」とニコニコするふゆりん。

「で、どさっと借りてきました」

アキ姉が、膨れた鞄の中から布製の袋を取り出す。スーパーで使うエコバッグほどもあろうかという大きさだ。

「アキ姉……これ、何枚入ってるの」

「ざっと二十枚くらいですかね」

「えええ！」

思わず後ろに飛《と》び退《の》き、机の端にしたたかにお尻をぶつけた。

「もしかして、全部見る気？」

「ええ。どんなジャンルでもそうですが、やはり名作に勝るものはありませんから。恋愛も然《しか》りです」

「す、スパルタ……」

「大丈夫ですよ。ちょうどゴールデンウィークに入りますし、時間は山ほどあります」

「え、連休中も活動するの？」

「むしろしないんですか？　部活ってそういうものだと思ってましたけど」

私の思考は完全停止した。

そ、そうだった。

一年間帰宅部を謳歌していたせいで、学校が休みの日も部活はあるということが、すっかり頭から抜けてしまっていた。

「じゃ、決まりだな。連休中の活動は、名作恋愛映画百本ノックだ！」

なっちゃんが楽しそうにチョークをくるくると指先で回す。ふゆりんが「私、映画好きなんだ〜」と微笑み、アキ姉が「ＤＶＤプレーヤーを借りるか、コンピューター室の利用予約を取りましょうかね」と具体的に計画を進め始めた。

「あ、そういえば」

ふゆりんが私を見やり、「ハル、大丈夫？」と心配そうな顔をする。

「え、何が？」

「イケメンが苦手なんでしょう。恋愛映画に出てくる俳優って、顔がかっこいい人ばかりだよ」

なんだ、そういう心配か。

「まあ、画面の向こうの人なら別に……それに、海外のイケメンは意外と大丈夫だったりするし……」

「え、何、そうなの？　ハルってば、外国人はいけるわけ？」

間髪いれず、なっちゃんが食いついてきた。

「いけるというか、抵抗はそれほどないというか」

「それなら、こんな高校の中でちまちま恋をしようとしてないで、国際結婚でも狙いなよ。そうだ、そうしよう」

「もう、飛躍しすぎ！」

初恋もまだなのに、結婚なんて、夢のまた夢だ。

「わあ、私この映画大好き～」

「これいいな。『ゾンビに囲まれた館の中で二人は愛を確かめあう』」

「あら、そんなの混じってました？　それ、恋愛映画じゃなくてホラーかもしれませんね。間違えて借りた可能性があります」

「アキ姉、意外とおっちょこちょい～」

三人はさっそくＤＶＤを広げ始めている。私も慌てて物色作業に加わり、なるべくイケメンでない俳優が主演している外国映画を探した。

もうすぐ四月も終わる。

自分の将来も、なっちゃんやアキ姉やふゆりんの先行きも、初恋部のこれからも
——私には、まったく、予想がつかない。

2時間目

幽霊だって恋をする

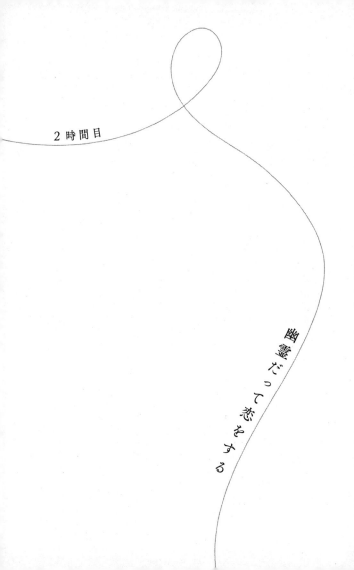

「あーあ、暑い暑い」

窓際の机の上であぐらをかいているなっちゃんが、ノートでパタパタと顔を扇《あお》いだ。

「まだ五月なのに、こりゃないよ」

「ゴールデンウィーク明けからこの調子だと、先が思いやられますね」

と同調しつつも、アキ姉は涼しい顔で作文用紙に向かっている。ふゆりんもぐったりしているし、私もちっともやる気が起きないのに、シャーペンを動かす手を止めないアキ姉はすごい。

「ちなみになっちゃんは、もう書き終わったんですか。感想文」

「えーと……あと少し、かな」

「だったら、そんなところに座ってないで、さっさと終わらせてしまいましょうよ」

アキ姉に指摘され、なっちゃんはしぶしぶ机から降りた。椅子に腰かけ、気怠《けだる》そうに目を細めながら、続きを書き始める。

今日の活動内容は、ゴールデンウィーク中に片っ端から鑑賞した恋愛映画の感想文を書く、というものだった。

最も感銘を受けた作品を一つ選び、その理由を記述する。

これが、なかなか難しい。

「ハル、どうしたの」

一マスも埋まっていない作文用紙を前に頭を抱えていると、ふゆりんが遠慮がちに声をかけてきた。

「書くの、難しい？　無理しなくてもいいんだよ」

「あ、うん……ちょっとね」

「もしかして、好きな映画、一つもなかった？」

「えっ……いやそんなことは！」

ふゆりんの鋭さには驚かされる。イケメンがスクリーンに大写しになると顔を背け、ロマンスシーンになると肌に虫が這《は》うようなむず痒《がゆ》さを覚え、一本でいいからアクション映画かコメディ映画を挟みたいとひたすら願い続けていた私のことを、よく分かっているようだ。

「しょうがないよねえ。初恋もまだなのに、恋愛なんて、理解不能だもんねえ」

「う、うん……」

「書けないなら、書けないでいいと思うなあ」

「え！　それってあり？　せっかく無理やり捻り出したのに」

なっちゃんが作文用紙から顔を上げ、口を尖らせた。私はなんだか申し訳なくなって、「ごめんなさい」と身を縮める。

その状況を見かねたのか、アキ姉が「強制するのもよくないですし、書けた人のみ感想を発表するということでいいんじゃないですか」と眉尻を下げた。

「私はもう書き終わりましたけど、お二人はどうですか」

「オッケー。だいたいできてるよ」

「大丈夫～」

なっちゃんとふゆりんが親指を立てる。

私を除いた三人によるジャンケンの結果、最初になっちゃんが発表することになった。

「ええっと、私が一番面白かったのは『ラブ・デスティニー～ゾンビの逆襲～』です。今度こそ敵を倒したと思い込んで愛を確かめあおうとする二人に、次々と新たな恐怖が襲いかかる展開が最高でした。私もあの映画に出てくるゾンビを見習って、執念深く生きたいと思います。以上」

個性的な感想に、ずるっとこけそうになる。

「そこはゾンビじゃなくて、最後まで愛を貫き続けたカップルを見習うべきところでは!?」

「嫌だよ。あの二人、ずっとイチャイチャしてててムカつくんだもん」

「それはそうだけど……」

「ま、こんな感想でも、何も書いてないハルよりは偉いよね」

それを言われると、ぐうの音も出ない。

なっちゃんを見つめたまま歯嚙みしていると、「次は私だね」とふゆりんが立ち上がった。

「私が選んだのは、『愛と天使と欲望と』です」

「それはまたどうしてですか」

アキ姉が意外そうに目を細めた。『愛と天使と欲望と』は、大量に見た映画の中で最も甘ったるく、全編にわたってうだるような恋愛描写が続いていた作品だ。ストーリー性などほとんどなく、最後まで見るのが本当につらかった。途中で吐き気を催して三回もトイレに行ってしまったくらいだ。

私は思わず、疑惑の目を向ける。

あの映画に感銘を受けるとは――ふゆりん、実は恋愛大好き人間なんじゃないか？

「ええっと」ふゆりんがアキ姉に向かってにこりと微笑んだ。「それは、私があの映画に大きな影響を受けたからです」

「影響、というと？」

「二人が朝ご飯にクリスピー・クリームのドーナツを食べるシーンがあったでしょう。あれがすごく美味しそうで。あのあとお母さんに提案したら、『アメリカっぽくて楽しそう！』って喜んでもらえてね。毎週日曜の朝ご飯はドーナツとコーヒーにすることになったんだ！　今週も楽しみ～」

た、確かに大きな影響だけれど！

ニコニコしているふゆりんの横で、私は再びずっこけそうになる。

みんなこの調子なら、私も何も考えずに書けばよかった。少なくとも、これまでの二人よりはまともな感想文ができあがったはずだ。

それにしても――ゴールデンウィークを丸々費やしてたくさんの恋愛映画を見た結果、得られた学びがこれだけとは信じたくない。

一縷《いちる》の望みを託して、私はアキ姉をじっと見つめた。

「では、次は私が。全部読むと長すぎるので、要約しますね」

赤い縁の眼鏡を指先で押し上げ、アキ姉が作文用紙を手に立ち上がった。

「私が最も感銘を受けた映画は、『シュガー・ライク・ラブ』です。これは一九六〇年代のロンドンを舞台にした作品ですが、何より素晴らしいと感じたのは当時のカルチャーを忠実に再現していることです。街並みや衣服はもちろん、流行や人々の関心事、社会における女性の立場、そして働く男性の生きづらさや――」

「ストップストップ！」

私は慌てて両手をぶんぶんと振り、アキ姉の立派すぎる演説を止めた。

「もう、みんな本当に恋する気ある？　誰も恋愛について考察してないじゃん！」

がっくりと肩を落とす。すると、そこで初めて気づいたかのように、三人は顔を見合わせた。

「これはまずいですね」

と、アキ姉が顎に手を当てる。「思えば当初の目的は、映画から得た知見を初恋部の活動に生かすことでした。残念ながら、ゾンビもドーナツも六〇年代のロンドンも、恋愛とは一切関係がありません」

「そっかあ、活動の役に立つことを考えないといけなかったんだねえ」

「それならそうと最初に言ってよ、部長」

「ええっ、私のせい？」

無責任な一同を前にあたふたしていると、なっちゃんが「あ！」と大声を上げた。

「それなら、いいアイディアがあるよ」

映画を見てるときに思いついたんだ、となっちゃんは胸を張った。

「名付けて、『吊り橋《つ　ばし》効果作戦』」

「……吊り橋効果？」

何だっけそれ、と首を傾げる。

聞いたことがあるような、ないような。

なっちゃんは得意げな顔をして、その内容を解説し始めた。

「ほら、人間って、何か怖い目に遭って心臓がドキドキしているときに異性に会うと、自分がその人に恋をしてるように錯覚するんだよ。そういう現象があるって、聞いたことない？」

「カナダの心理学者が提唱した理論ですね」アキ姉が注釈を入れる。「揺れることのない安定した橋を渡った男性より、渓谷にかかる細い吊り橋を渡った男性のほうが、途中で出会った女性に好意を抱く確率が高かったというものです。『恋の吊り橋理論』ともいいます」

「そうそう。さっすがアキ姉、博識だなあ」

なっちゃんが腕組みをして感嘆する。

「でさ、ふと思ったんだよ。『ラブ・デスティニー』でゾンビに襲われるたびに二人の愛がどんどん深まっていったのも、『シュガー・ライク・ラブ』の主人公がヒロインを好きになったきっかけが交通事故だったのも、要はそういうことじゃないか、って。ということは、それと似たような状況を作り出すことができれば、こんな私たちでも恋ができるんじゃないか？」

「わあ～っ、すごい！　なっちゃん頭いい！」

ふゆりんが胸の前で小さく手を叩いた。

私も、思わず唸って黙り込む。

確かに――これは、なかなか期待できる仮説かもしれない。

科学的な裏付けがあって、説得力に満ちている。何より、ゴールデンウィーク中の恋愛映画百本ノックから学んだことを、きちんと生かすことができている。

でも――。

「似たような状況を作り出すって、どうやって？」

私が尋ねると、なっちゃんが「うーん」と腕組みをした。

「交通事故に巻き込まれてみるとか？」

「命は大切に！」

「じゃ、マフィアに襲われてみるとか」

「日本にいたら困るよ」

「通学バスジャックは？」

「私、自転車通学」

「校長先生による退学処分ドッキリ」

「心臓に悪すぎっ！　もっと真面目に考えて！」

私がむきになる一方、なっちゃんは「心臓に悪ければ悪いほどいいはずなんだけど
な、吊り橋理論的には」と納得のいかない表情をしている。

「もっと簡単に作り出せたらいいのにねえ。吊り橋の上、みたいな状況が」

ふゆりんが天を仰ぎ、小さな声で言った。

「例えばだけど……みんなで、遊園地に行ってみるのはどうかなあ。ジェットコース
ターは怖くてドキドキすると思うし、あとはお化け屋敷も――」

「それだ！」

なっちゃんが目にも留まらぬ速さでふゆりんを指差し、大声で叫んだ。アキ姉がす
かさず顔をしかめる。

「わざわざ休日に、男子を遊園地に誘うんですか。企画段階からしてハードルが高す
ぎるように思えますけど」

「そうじゃなくて、向日葵祭《ひまわりさい》だよ」

「……向日葵祭？　来月の？」

アキ姉が目を瞬いた。

向日葵祭というのは、我らが向日葵高校の文化祭のことだ。毎年六月中旬に行われ、近隣や他校からも大勢のお客さんが来る。

「うん。そこでお化け屋敷をやるんだ。絶対楽しいぞ。そして心臓にも悪い。受付側で勝手に男女ペアを作れば、吊り橋効果にも大いに期待できる」

「ああ、そういうことですか」

「だからそれを、初恋部主催でやろう！」

なっちゃんの唐突な提案に、私は「ええっ！」と大声を上げた。

「ちょっと待って、それは無理だよ」

「なんで？　水泳部は毎年理科実験室を貸し切って迷路を作ってるし、家庭部はぬいぐるみの販売会をしてる。だったら、初恋部が文化祭マジック目当てのお化け屋敷を企画したってよくない？」

「お化け屋敷を四人でやるなんて、人数が足りないってば」

「それはどうにでもなるって。どこかの部活を引き込んで合同企画にしてもいいし、お化け役だけを別途募集してもいい。そのへんは任せて。ばっちり調整するから」

「えええ……」

「ってことで、今から文化祭実行委員に直談判してくる！」

「わ、なっちゃん！」

私が止める間もなく、なっちゃんは教室を飛び出していった。廊下を駆けていく軽やかな足音が、やがて聞こえなくなる。

「お化け屋敷、かあ。夏だねえ」

燦々《さんさん》と陽《ひ》が降り注ぐ窓の外を見やり、ふゆりんが眩しそうに目を細めた。

＊

二年二組の教室に剣道部の面々がやってきたのは、翌水曜日の放課後のことだった。

黒板には、なっちゃんが書いた達筆の文字がある。

『初恋部　＆　剣道部　合同企画会議　向日葵祭でのお化け屋敷開催について』

「えーと……初恋部部長の東風晴香です。このたびは、合同企画の提案を受け入れてくださりありがとうございます」

部長だからという理由で司会を務めなければならなくなった私は、この上なく緊張しながら、剣道部の五人に向かってペコリと頭を下げた。

「いえいえ、こちらこそ。初恋部なんて部活が最近できたとは知らなかったから、葛西さんから話を聞いたときは驚きましたけど」

なっちゃんのクラスメートであり剣道部次期部長の田中《たなか》くんが、にこやかに答える。さすが剣道部というべきか、田中くんは姿勢もいいし、礼儀正しい。

田中くんはさっそく、メンバー紹介をしてくれた。もう一人の、背の高い男子が庄司《しょうじ》くん。残りの三人の女子は、髪をポニーテールにしている子が小林《こばやし》さん、眼鏡をかけている子が村尾《むらお》さん、小柄なショートヘアの子が花井《はない》さん。元帰宅部で交友関係がひどく狭い私は、当然のように全員初対面だ。

「企画会議は二年生同士でやるのがいいかと思って、今日は五人で来ました。もちろん当日は、三年生や一年生も参加する予定なので安心してください」

「ちなみに、剣道部は全部で何人？」

「十八人だよ」

田中くんの答えを聞き、「それなら人数もばっちり足りそうだ」となっちゃんが頬を緩めた。机の上であぐらをかいている彼女に向かって、田中くんが問いかける。

「文化祭実行委員会への申請は、すでに葛西がやってくれたんだよな」

「やっといたよ。企画内容自体は他とかぶりもないし問題ないけど、早いとこ場所を決めてくれってせっつかれてる」

「場所か。どこがいいんだろうな」

「格技場がいいんじゃない？　剣道部の練習場所だし、勝手知ったるって感じでしょ」

なっちゃんの何気ない提案に、ふと剣道部の五人が顔を曇らせた。「格技場は、ちょっとね」と村尾さんが口ごもり、「刺激しちゃったら嫌だな」と小林さんが眉を寄せる。

「刺激するって……何を？」

私が尋ねると、剣道部の五人が互いに顔を見合わせた。「説明してあげてよ」「いやそっちが話してよ」と押しつけ合った結果、田中くんが重々しく口を開く。

「本物の幽霊を――です」

「本物の、幽霊？」

理解が追いつかず、私はパチパチと目を瞬いた。凝視されて気まずくなったのか、田中くんが私から目を逸らす。

「何それ、どういうこと？」

興味津々といった様子で食いついたのは、もちろんなっちゃんだ。

「学校の怪談？　七不思議ってやつ？　向日葵高校の格技場には夜な夜な女の幽霊が出ます、的な？」

「や、やめてよなっちゃん」

背筋を氷で撫でられたような感覚に身を震わせる。私はお化けが大の苦手だ。

「おかしいですね。そんな噂、聞いたことがありませんけど」

「本当に、幽霊が出るの？」

アキ姉とふゆりんが怪訝そうに首を傾げる。すると、田中くんが慌てた様子で弁解した。

「知ってるのは、俺らしかいないんだ。いろんな人が見にきたら困るし、目撃したのも一度だけだし」

「は？　田中くんが見たわけ？」

「ああ……というか、俺だけじゃなく、ここにいる剣道部の二年生全員が」

「めちゃ面白いじゃん、詳しく聞かせてよ」

なっちゃんが机から飛び降り、田中くんににじり寄った。

心霊話など、できることなら聞きたくない。だけど、必死に首を左右に振っている私になっちゃんが気づく気配はなかった。

田中くんは一つため息をついて、そのときの様子を語り始めた。

「あれは一か月半ほど前——三月の終わりのことだったかな。先輩たちが帰った後、俺たち五人は自主的に残って稽古を続けてたんだ。四月から新入生を迎え入れるにあたって、下手な打ち合いを見せるわけにはいかないからね」

「へえ、真面目だなあ」

「そんなに長い時間ではないけど」と、田中くんが謙遜する。「で——俺らはじきに稽古を終え、格技場内の更衣室で着替えて、帰り支度が終わった者から退出した。俺は確か一番に外に出たんだけど、課題で使うノートを教室に忘れたことに気がついて、いったん取りにいったんだ。それから、みんながまだいるかと思って格技場のそばまで戻った。すると、村尾さんが血相変えて駆けてきたんだ」

「わっ、私ね……見ちゃったのよ」

村尾さんが、おどろおどろしい口調で話す。

「電気の消えた、暗い格技場の中で——寂しそうに佇《たたず》んでいる女の後ろ姿を」

「ん？　それって」と、なっちゃんが首を捻る。「格技場の窓から覗いたら見えた、ってこと？」

「そう。カーテンは全部閉まってたから、その隙間からちらりとね。それで私、思わず大声で叫んじゃったのよ。そしたら、今度は中のカーテンが揺れたの。ふわあ、って」

私は耳を塞ぎたい衝動を懸命にこらえた。村尾さんは絶対、わざと怖がらせようとしているに違いない。

「だからって、幽霊かどうかは分かりませんよね」

アキ姉が村尾さんの言葉を遮った。「中にまだ人がいた可能性は？　その女の人というのは、小林さんや花井さんだったんじゃないですか」

「それが……全員、外にいたんです」

庄司くんが小声で言った。私は思わず「ひっ」と声を上げる。

「格技場の入り口も施錠されてたしね」と、小林さん。

「最後に出た私が鍵をかけたんです」と、花井さん。

「いやいや待って、そんなに情報を次々出されたら頭がこんがらがるって」

なっちゃんがぶんぶんと腕を振り回し、アキ姉は眉間のしわをいっそう深くした。

そんな状況を見かねたのか、「俺が一から説明するよ」と田中くんが立ち上がった。

「村尾さんは、格技場を出た後すぐには帰宅せず、体育館横の水道で顔を洗っていたらしいんだ。そこから戻ってきたときに、窓の向こうに怪しい人影を見た、ということだね。村尾さんに助けを求められた俺は、すぐに格技場を覗こうとした。でも、そのときには何故《なぜ》かカーテンがぴったり閉まっていて、中は見えなかった」

「私が見たときは、絶対に隙間があったのよ」と村尾さんが念を押す。

「そしてそのカーテンは、確かに少し揺れていた。三月だから空調がついているわけはないし、風が吹き込むわけもない。だから俺は、中にまだ人が残っているんじゃないかと思って、入り口のほうへと回ってみた。だけど、ドアにはしっかりと鍵がかかっていた」

嫌な予感がする。私はじわりじわりと後ずさりした。

「それで、俺は思ったんだ。中に残っている誰かが内側から鍵をかけて、俺と村尾さんをからかっているんじゃないか、とね。それで、村尾さんと一緒に、格技場の外側をぐるりと一周してみることにした」

向日葵高校の格技場は、体育館と部室棟に挟まれた位置にあり、他の建物とは独立した構造になっている。

田中くんと村尾さんは、格技場の中を覗ける箇所はないかと、一つ一つの窓を慎重に確かめながら周囲を歩いた。しかし、カーテンに隙間はなく、窓もすべて施錠されていた。

しかも、格技場を一周する過程で、残り三人の部員全員と遭遇したのだという。

「裏まで回ったところで、庄司にばったり会ったんだ。部室棟の前で、サッカー部の奴らと喋っていたらしい。事情を話すと、庄司は『俺も見てみる』と言って、俺らと逆方向に回りながら確認し始めた」

田中くんの説明に、「確かに窓は全部閉まっていたよ」と庄司くんが神妙な顔で頷いた。

「それから、さらに角を曲がったところで、花井さんに会った」

「ちょうどトイレから戻ってきたところだったんです」と花井さんが補足する。

「俺たちが事情を話す前に、花井さんは『何か忘れ物？』と、ポケットから格技場の鍵を出した。俺と村尾さんはいよいよ震え上がった。窓は全部施錠されていたし、鍵は十分ほど前に花井さんが外からかけたという。だったら、中にいるのは何者なんだ、と」

「そこにあたしが現れたんだよね。駐輪場で待ってたのに、みんながなかなか校門のほうに来ないから、しびれを切らしてさ。『なんでみんな帰らないの』って」

小林さんが口を挟む。田中くんは小さく頷き、「それで、剣道部員が全員外にいることが判明したんだ」と目を伏せた。

「そこで、俺らは格技場に突入してみることにした。ドアが施錠されていることをもう一度確認してから、小林さんが鍵を開けて、俺と村尾さんと花井さんとで、一気に中に踏み込んだ。庄司もすぐに合流した。みんなでカーテンや備品をひっくり返して、倉庫や更衣室の中まで捜し回ったけど、格技場の中には誰もいなかった」

「窓の鍵は？　中から改めて確認しましたか」

「うん。真っ先に俺が確認したけど、全部閉まってた」

アキ姉の鋭い問いに、田中くんがすかさず切り返す。

つまり、と村尾さんが低い声で言った。

「私が見た女は――施錠された格技場の中から、忽然《こつぜん》と消え失《う》せたってこと。それって、幽霊以外にありえないでしょう」

二年二組の教室に、冷たい風が吹き込んだ、ような気がした。

それから二時間後。

合同企画会議を終えた私たちは、剣道部の五人とともに、格技場の前に立っていた。

「ええっ、本当に入るの？　嫌だよ」

尻込みする私の腕を、なっちゃんがむんずとつかむ。

「泣き言を言わない。部長でしょ」

「ぶ、部長は関係ないもん！」

現場を視察しにいこうと言い出したのはなっちゃんだった。本来、水曜は空手部の活動日なのだけれど、他校に遠征しているため今日は不在だと田中くんが教えてくれたのだ。

その田中くんは、私たちのやりとりを見て苦笑いしている。「幽霊が出たといっても、俺らが普段練習してる場所だからさ」と彼になだめられ、私はようやく抵抗をやめた。

「で、でもさ……無理に格技場を使わなくてもいいんじゃないかな」

「格技場のほうが、他の教室よりずっと広いじゃん」

「小林さんの言うとおり、本物を刺激しちゃったらまずいし……」

「むしろ、その噂を積極活用すればいい。『本物の幽霊が出るお化け屋敷』って宣伝すれば、お客さんがわんさか集まるかも」

なっちゃんの強気すぎる態度に打ちのめされ、しゅんとして目を伏せる。

そんな私の肩に、ふゆりんがそっと手をのせた。

「ハル、心配しないで。もし本物の幽霊に会っちゃったとしても、前向きに捉えればいいんだよ」

「前向き……って？」

「その女の人の幽霊は、この世に何かしらの未練があるから、格技場に現れるわけでしょう。もしかしたら、その女の人は何年か前の剣道部員か空手部員で、部活仲間に恋をしていたのかもしれない」

「へ？」

ふゆりん……何を言いたい？

「死んでも成仏できないくらい熱烈な恋をしてたって、すごいことだと思うなあ。だから、そんな幽霊さんにもし会うことができたら、ぜひ特別講師として初恋部にお招きしましょう！　ねっ？」

私は無言でため息をついた。

妄想炸裂《さくれつ》。

どうも、この子のぶっ飛び具合にはついていけない。

「そもそも私は、村尾さんが目撃したのが本当に幽霊だったのか、疑わしいと思いますけどね」

腕組みをしているアキ姉が、格技場の建物を眺めながら呟いた。村尾さんがぴくりと頬を震わせ、「私が嘘をついたとでも？」とアキ姉を睨《にら》む。

「嘘とは言っていません。ただ、見間違いの可能性はあると思います」

「でも、カーテンが揺れていたのは田中くんも見たのよ」

「それが不可解なんですよね」

「ほらね。やっぱりあれは幽霊だったのよ」

「もしくは、抜け道があったのかもしれません。窓もドアも施錠された格技場から出ることのできる、秘密の通路が」

「何言ってるの？　そんなものあるわけないでしょ」

「いずれにせよ、検証はしてみたいです。せっかく今、格技場が自由に使えるわけですから」

村尾さんの反論をものともせず、アキ姉がなっちゃんに視線を送る。なっちゃんは両腕で大きく丸印を作り、職員室から借りてきた鍵を格技場のドアに差し込んだ。

格技場の重いドアが開き、その向こうに正方形の広い空間が現れる。

「アキ姉、ええっと……検証って、何をするの？」

私が恐る恐る尋ねると、アキ姉は表情を変えずに答えた。

「再現実験をすればいいんです。誰かが中に入って、奇跡の大脱出に成功するかどうか、試してみましょう」

「え、ええ？」

そんな、マジックショーじゃあるまいし——と考えたのも束《つか》の間《ま》、歓声が耳に飛び込んできた。見ると、なっちゃんが「やってやるぜ！」とガッツポーズをし、ふゆりんが「面白そう～」と目を輝かせている。

「では、代表者を決めましょう。格技場に対する先入観はないほうがいいでしょうから、初恋部の四人でジャンケンをしましょうか」

「え、でも」

「こらハル、つべこべ言わない！」

なっちゃんに一喝され、私はしぶしぶジャンケンに参加することにした。

代表者は、一発で決まった。

私が出したのがチョキ。

残りの三人はグー。

「えええええ、嫌だってば！」

「ジャンケンで決めたんだから文句は言いっこなし！」

「やりたい人がやればいいのにぃ」

「ま、頑張れ！」

相変わらずの強引さで、なっちゃんが私の身体を空っぽの格技場へと押し込んだ。

目の前でドアが閉められ、私は一人になった。

ガチャリと、外から鍵をかけられた音がする。

「ひどいよ、こんなのってないよ……」

私が吐いた弱音は、がらんとした空間に吸い込まれていった。

電気がついていない夕方の格技場——幽霊が出没したかもしれない場所に一人きりという状況が、私の首筋を薄ら寒くする。

入り口を背にして、私は暗い格技場を見渡した。

使わないときは閉めるルールになっているのか、両サイドの壁にずらりと並ぶ掃き出し窓は、すべて黒いカーテンで隠されている。私は一番近くの窓に駆け寄り、カーテンをはねのけて、鍵を開けてみようとした。

そのとき、ガラスの向こうに、なっちゃんの顔が現れた。アキ姉やふゆりん、剣道部の部員たちも一緒だ。

なっちゃんが、口を両手で囲み、こちらに向かって大声で叫んだ。

「ダメだよぉ、鍵を開けて出るのは禁止！」

どうやら、幽霊を目撃したときと同じように、建物の周囲を歩きながら私のことを見張るつもりらしい。

「ドアも窓も開けずに外に出るなんて、そんな無茶《むちゃ》な……」

ぶつぶつと呟きながら、私は格技場の中を歩き回り続けた。

奥の倉庫に入り、秘密の抜け穴がないか物色してみる。

隠し戸があるのではないかと、床をつぶさに観察してみる。

一見鍵が閉まっているようでも、実は引っ張れば開くのではないかと、すべての窓に手をかけてみる。

「無理だよ、無理無理！」

十分ほどでギブアップし、私は格技場の床に寝転がった。

奇跡の大脱出なんて、できるわけがない。

私はマジシャンでも、スーパーマンでも、超能力者でもないのだ。

しばらくして、入り口のドアがガラリと開き、格技場に西日が差し込んだ。「うわ、ふてくされてる」というなっちゃんの声が聞こえる。

「ハル？」

「………」

「ごめんって」

「………」

「次は私がチャレンジするから、外で待ってて」

「……そんなに、私の頑張りが信用できない？」

「じゃなくて、せっかくだから一人ずつ試してみようってことになったんだよ。万全を期すためにさ」

なっちゃんに促されるがまま、私はぶすっとして格技場を出た。後ろでドアが閉まり、内側から鍵のかかる音がする。

外では、剣道部の五人が待っていた。

田中くんと庄司くんが気まずそうに微笑み、「トップバッターお疲れ」と声をかけてくる。小林さんと花井さんも、「あの中、暗かったでしょ」「電気をつけてもよかったのに」と私の身を案じてくれた。村尾さんだけが、「いくら人間が再現しようとしたって、上手くいくはずないわよ」とぶつくさ言っている。

「あれ、アキ姉とふゆりんは？」

私がきょろきょろと辺りを見回すと、小林さんが「ああ」と校舎の方向を振り返った。

「二人でどこかに行っちゃった。すぐ戻るって言ってたよ」

「どうしたのかな」

「さあ。トイレじゃない？」

小林さんが肩をすくめる。

その直後、パタパタという靴音とともに、アキ姉とふゆりんが帰ってきた。

「ああ、皆さんすみません。お待たせしてしまって」

「なっちゃんのターンが始まってるんだね。さ、見回りしましょっ」

ふゆりんがテンション高く拳を突き上げ、先頭に立って歩き始めた。どこに行っていたのか訊こうと思っていたのに、私はうっかりそのタイミングを逃してしまう。

すべての窓に鍵がかかっていることを確認しながら、私たちはゆっくりと格技場の周りを歩いていった。

「部活が終わった後って、すでに陽は落ちていたんですよね」

その途中、一つ一つの窓を見やりながら、アキ姉が田中くんに尋ねた。

「辺りが暗い中で窓に鍵がかかっているかどうか確かめるのは、大変だったんじゃないですか。特に格技場の横手には、電灯もないようですし」

「スマホのライトをつけたんですよ。そうすれば、手元がよく見えるから」

「なるほど。であれば、問題ありませんね」

アキ姉がふむふむと頷く。

すべての窓が施錠されていることを確認した上で、私たちは格技場の入り口前へと戻った。

なっちゃんが勢いよくドアを開け放したのは、それから五分ほど経った頃だった。

「絶対どっかに秘密の扉があると思ってたのに！　全然ないじゃん！」

なっちゃんは、ドアの内側にかかっている黒いカーテンをぐるぐると身体に巻きつけながら、夕陽に向かって叫んだ。そのおかしな行動も、失望の気持ちの表れなのかもしれない。

「よーし、次はアキ姉の番だぞ！　奇跡の大脱出を今度こそ頼んだ！」

「ええっ、まだ続けるの？　もうやめようよ。キリがないもん」

意地になっているなっちゃんを止めようと、私はぽんぽんとなっちゃんの肩を叩く。

「村尾さんの言うとおり、あれはやっぱり幽霊だったんだって」

「そうなのかなあ」

「だから、お化け屋敷を格技場でやるのはやめよう。他のところでやろうよ」

「それとこれとは話が別のような……」

なっちゃんの声には、いつものような張りがない。大脱出失敗を経て、すっかり自信喪失中のようだ。

「私も一緒に、別の教室を探すからさ。視聴覚室なら、暗幕もついてるし、ある程度の広さがあるし、やりやすいんじゃないかな」

「視聴覚室ねえ……もう他の部活が押さえてるような気もするけど」

「交渉だって一緒に頑張るよ！　だから、ね？」

あとひとふんばりでなっちゃんの心を動かせそうだ、幽霊出没の噂がある格技場からようやく離れられそうだ——と期待をかけた直後、後ろからアキ姉に声をかけられた。

「ハル、ちょっといいですか。あと一回だけ、検証のチャンスがほしいんです」

「え……やりたいの？」

「はい。私も一度、チャレンジしてみたくなって。奇跡の大脱出に」

「アキ姉がそう言うなら……別にいいけど……」

「ただし、今回は少し趣旨を変えてみたいと思っています。なっちゃんには田中くん役、ハルには村尾さん役をお願いしたいんです」

「田中くん役と、村尾さん役？　なんで？」

「当時の状況を、より忠実に再現したいからです。お二人はしばらく、遠くで待機していてもらえませんか。五分経ったら、格技場に戻ってきてください。カーテンに隙間があれば、中を覗いても構いません。それから、幽霊を目撃した日に田中くんと村尾さんがしたように、格技場の周りを歩いてみてください」

　隣に立っているなっちゃんが、「了解！」と敬礼のポーズをとる。一方の私は、アキ姉の不思議な指示の意図が分からず、無言で首を傾げた。

　みんなに見送られ、私となっちゃんは格技場を後にした。

　さっきまで夕焼けだった空は、急激に暗くなっていた。グラウンドではまだ野球部が練習しているけれど、ソフトボール部はすでに片付けを終えようとしている。

　昇降口に向かって歩きながら、私はなっちゃんに問いかけた。

「アキ姉、何考えてるんだと思う？」

「うーん。さっぱり分からない」

「え、そうなの？」私はぱちくりと目を瞬いた。「さっき、あんなに威勢よく敬礼してたのに」

「だって、自分で考えるの、もう疲れたし」

「そんなあ」

すっかり投げやりになっているなっちゃんと並んで、昇降口の前の階段に腰かけた。

「五分って言ってたよな」

「うん」

グラウンドから、野球部の「あーっしたぁ！」という大声が聞こえてきた。野球部が練習を終えたということは、もう完全下校時刻が近いはずだ。ずっと帰宅部だった私は、それが何時なのかもよく分かっていないけれど。

ということは、たぶん、アキ姉のチャレンジで今日の検証は終わりだ。

もしアキ姉も奇跡の大脱出に失敗したら、幽霊が出た場所でお化け屋敷をするなんてやっぱり罰当たりだと、改めてみんなを説得しよう。

そんなことを考えながら、私は空が夜の色に染まっていく様子を眺めた。

「さて、そろそろ行くか」

腕時計をチラ見して、なっちゃんが立ち上がった。私を振り返り、ニヤリと笑う。

「なんか、肝試しみたいでドキドキするな」

「え？」

「ちょうど暗くなってきたし」

そう言われると、妙に意識してしまう。

心臓の鼓動が速くなる。格技場に待機しているのはアキ姉だと分かってはいるけれど、本当に幽霊が現れたらどうしようと、恐ろしくなる。

「あはは、そんなに怖がるなって」

「こ、怖がってなんか！」

「『吊り橋効果』で私に恋されちゃ困るからさ。部活内の恋愛トラブルはごめんだよ」

「何言ってるの。私たち、女同士——」

そうだった。

なっちゃんは、女泣かせの女なのだった。

まあ……そこは、私の心の枯れ果て具合を信じることにしよう。

「さ、アキ姉のお手並み拝見といこうか」

なっちゃんがウインクをして、格技場へと歩き始めた。私はその後にぴったりとくっつき、辺りの様子を窺《うかが》いながら前進する。

格技場の周りには、人気《ひとけ》がなかった。さっきまでそこにいたはずのふゆりんや剣道部の五人も、どこにもいない。

「え、どういうつもりなんだろう」

びくびくしながら、入り口のドアに手をかけた。鍵がかかっていることを確認した上で、格技場の横手へと回り込む。

体育館にも部室棟にも面していないそこは、思った以上に暗かった。手元を照らしたという田中くんの話を思い出し、私はポケットからスマートフォンを出してライトをつけた。そして、恐る恐る、窓のほうへと向ける。

次の瞬間——窓の向こうのカーテンが大きく揺れた。

「ひいっ」

思わずスマートフォンを取り落としそうになる。なっちゃんは「びっくりしたぁ」と呟きながらも、一向に動じない様子で、カーテンの隙間から中を覗き込んだ。

「あ、誰かがいる。あの後ろ姿はアキ姉かな」

「脅かすなんて、ひどいなあ……」

「さ、進むよ」

なっちゃんに急かされ、私はびくびくしながら歩を進めた。すべての窓がきちんと施錠されていることをチェックして、角を曲がって格技場の裏手へと出る。

裏手には、掃き出し窓がない。壁の向こう側が倉庫になっているからだ。人が出入りできないくらいの小さな窓が視線の高さについているだけだから、怖くもないし、施錠確認も楽だった。

「ハル、なっちゃん」

不意に後ろから呼び止められ、私は跳び上がりそうになりながら振り向いた。

そこにはアキ姉が立っていた。驚きのあまり無言になってしまった私の代わりに、なっちゃんが口を開く。

「あれ？　どうしてここにいるの？　まさか、もう脱出成功？」

「違いますよ。私は最初から外にいます。部室棟の裏に隠れていたんです。格技場の中にいる役は、他の人にお願いしました」

「え、誰？」

「それは秘密です。引き続き頑張ってください」

アキ姉はひらひらと手を振ると、私たちが来た方向へと戻っていってしまった。

「もしかして――しれっと窓から出てきたわけじゃないよな」

なっちゃんが顔をしかめ、アキ姉を追って引き返す。「どうしましたか」と目を丸くするアキ姉の腕を、なっちゃんはしっかりとつかまえた。

「ハル、もう一度こっち側の窓を確認して」

「あ、うん！」

私はスマートフォンのライトを窓へと向け、急いで二度目のチェックをした。

なっちゃんの予想に反して――鍵が開いている窓は、一つもなかった。

それどころか、またカーテンが小さく揺れ、私は「うわあっ」と窓から飛び退いた。

「あれえ、じゃあ中にいるのは誰なんだろう」

アキ姉だと思ったんだけどなあ、と首を捻りながら、なっちゃんはアキ姉を解放し、再び裏手へと闊歩《かっぽ》していった。私は慌てて後を追いかける。

裏手の小窓も入念に確認し、さらに次の角を曲がったところで、今度は「やっほー」と手を振るふゆりんと遭遇した。

「ふゆりんでもないのか。ってことは、中にいるのは剣道部の女子？」

「うーん、誰かなあ。私、アキ姉にここにいてって言われただけで、詳しいことは何も聞いてないんだよねえ」

ふゆりんは「私も一緒に行くね」と歌うように言い、私たちの後をついてきた。

こちら側の窓にも、異常は何もなかった。たまにカーテンが揺れるのが気味悪い。中にいる人物は、三月に現れたという幽霊以上に、私たちを怖がらせようとしているようだった。

小林さんか、村尾さんか、花井さんか。

それぞれの顔を思い浮かべながら最後の角を曲がった瞬間、私となっちゃんは足を止めた。

「剣道部が……いる」

なっちゃんがつぶれた蛙《かえる》のような声を漏らす。

入り口のドアの前には、剣道部の二年生が全員、きちんと揃って私たちの帰りを待っていた。

「どういうこと？　どうやって抜け出したんだよ！」

なっちゃんが食ってかかると、剣道部の五人は驚いた顔をした。

「俺たちは何も知らないよ。いったん体育館の裏に移動して、七分後に入り口に戻ってきてくれって言われただけだ」

「誰に？」

「長南さんに」

「アキ姉の指示か……どんなマジックを使ったんだよ」

頭を抱えるなっちゃんに、ふゆりんが「じゃ、中に入ってみよっか」と声をかけた。

ふゆりんに手渡された鍵を、私は震える手で鍵穴に差し込んだ。カチリと錠が外れた音がした直後、なっちゃんが猛然とドアに飛びかかり、引き戸を大きく開け放した。

「誰だぁ！　中にいるのは！」

なっちゃんが電気をつけ、格技場に駆け込む。私と剣道部の五人も急いで後を追いかけた。

しかし——中は静まり返っていて、誰もいる気配がない。

「どうです、見つかりました？」

後ろから落ち着いた声がした。振り返ると、入り口のドアに手をかけているアキ姉と目が合った。

「絶対に中に人がいたのに……どうやったんだ！　あれは誰だ、どこに消えた！」

「まさか、また本物の幽霊が出たの？　そうなのね！」

なっちゃんが取り乱し、村尾さんが興奮して顔を赤くする。二人の声が壁や天井に反響した。

「再現実験は成功のようですね」

アキ姉がにっこりと微笑んだ。私はぽかんとして、アキ姉の勝ち誇った顔を見つめた。

再現実験は、成功。

つまり——すべては、アキ姉の作戦どおり？

「も……もしかして！」

ある可能性に思い当たり、私はアキ姉の前へと進み出た。

「中にいたのは、やっぱりアキ姉だったんじゃない？」

「私？　最初から外にいたとお話ししたじゃないですか」

「ううん。なっちゃんと私が建物の脇を通って裏手に回った後、入り口のドアを内側から開けて出てきたんだよ。それで私たちを追いかけてきて、もともと外にいたかのように装って声をかけた」

「その計画は、少々ずさんなように感じます」アキ姉が心外そうに言った。「あの直後に私はなっちゃんに拘束され、ハルがもう一度窓の鍵を見回りましたよね。ついでにドアの施錠もチェックされていたら、一巻の終わりでしたよ」

「でも、現に私たちは確認しなかったし……」

私はちょっと口ごもってから、言葉を続けた。

「なっちゃんに解放された後、アキ姉はこっそり格技場の中に戻ったんじゃないかな。それで、反対側のカーテンを揺らして私たちを脅かしてから、また外に出た」

「その出入りは、このドアから？」

「うん……たぶん」

「それはないと思うな」

と、田中くんが唐突に口を挟んだ。

「その頃には、俺たちはもう入り口の前に待機してたはず。ドアにも手をかけてみたけど、きちんと鍵がかかってたよ」

「そう……なんだ……」

途中から、自分でも苦しい推理だとは分かっていた。だけど、こうでも考えないと、今目の前で起きた現象が説明できない。

「ハルの考え方も、悪くないんですけどね」

落ち込んでしまった私をなぐさめようと思ったのか、アキ姉がいくらか柔らかい声色で言った。

「ただ、大きな問題点は、私が今回演じたのが庄司くん役だったということです。田中くんと村尾さんが幽霊を目撃した日、建物の裏手で最初に二人と遭遇したのは庄司くんでした。私は彼の動きを忠実に再現していただけなのですよ」

説明を受け、私は絶句した。

そうだ。そのとおりだ。

村尾さんが目撃したのは女の幽霊だったのだから、その正体が庄司くんということはまずありえない。

私は、田中くんの後ろに佇んでいる庄司くんを見た。長時間に及ぶ合同企画会議と現場検証に嫌気が差したのか、疲れた顔をして俯《うつむ》いている。背が一八〇センチ近くありそうな彼を、いくらなんでも女性と見間違えることはないだろう。

「いやあ、アキ姉、すごいよ」

突然、なっちゃんが拍手を始めた。彼女が手を打ち鳴らす音が、格技場の四角い空間に響き渡る。

「さすが才女。脱帽だよ。マジシャンになれるんじゃないか？」

「いえ、私なんか全然」

「謙遜するなって」

「違うんです」

アキ姉が思いのほか強い口調で言い、なっちゃんが目を見開いた。

　私たちがじっと見守る中、アキ姉は恥ずかしそうに口元を緩めた。

「偉そうに振る舞ってしまいましたが……実は、トリックを見抜いたのは、私じゃないんですよ」

「え？」

「本日のＭＶＰは――彼女です」

　アキ姉が右手を差し出した先には、ピースサインを出し、ニコニコと笑みを浮かべているふゆりんが立っていた。

「えっ……ふゆりん？」

　混乱したまま、私は彼女を凝視した。そういえば、なっちゃんが格技場の中から大脱出を遂げようと孤軍奮闘していたとき、アキ姉とふゆりんの二人が数分間姿を消していたことを思い出す。

「アキ姉とふゆりんは、最初からグルだったの？」

「うん、当たり～」

　ふゆりんが満足げに目を細めた。

「剣道部のみんなが経験した現象は、一人じゃ無理だけど、二人なら作り出せるってことに、気づいちゃったんだ」

そう言われても、よく分からない。「どうやって？」と私が格技場の中を見回すと、ふゆりんがウキウキとした声で説明を始めた。

「私とアキ姉はね――二人とも、中にいたんだよ」

「二人とも？」

村尾さんが素っ頓狂な声を上げる。田中くんや小林さんも驚いた顔をしているのを見る限り、剣道部の人たちも二人の作戦について知らされていなかったらしい。

「アキ姉は入り口のあたり、私は窓のすぐそばに立ってたの。なっちゃんが目撃したのは、どっちだったかな」

「アキ姉のほうだな」なっちゃんが眉間にしわを寄せる。「カーテンが閉まってると、窓のすぐそばは逆に見えない」

「村尾さんが女の人を目撃した日も、そういう状況だったんだと思うの。本当は中に二人いたんだけど、村尾さんがカーテンの隙間からちらっと覗いたときに目に入ったのは、一人だけだった」

「そんなこと言われても……どうして格技場の中に閉じこもる必要があるのよ。わざわざ入り口の鍵をかけて、電気まで消して！」

鬼気迫る顔で詰問する村尾さんを、「それはあとで、本人たちに訊けばいいでしょう」とアキ姉がたしなめる。

ふゆりんは小さく微笑み、言葉を続けた。

「私とアキ姉がやったことは、とっても簡単だよ。まず、ハルとなっちゃんが建物の周りを歩き始めたのを見て、わざと目撃されたり、その近くのカーテンを揺らしたりしてみたんだ」

「どうして歩き始めたのが分かったの？　外は暗いし、カーテンも閉まってるのに」

「だって、スマホのライトがちらちら見えるから」

そういうことか、と私は大きく頷く。

「それでね、ライトが裏手に消えていってすぐ、音を立てないように窓を開けて、アキ姉に外に出てもらったの」

「アキ姉に……」

建物の裏手で声をかけてきたアキ姉は平然としていたけれど、やっぱりその直前まで格技場の中にいたのだ。

部室棟の裏に隠れていたというのは、真っ赤な嘘。

「私はね、いったんその窓に鍵をかけたの。アキ姉が戻ってくるまでカーテンの後ろに待機していて、ノックの合図を待ってすぐに中に入れてあげたんだ」

「なっちゃんが案外用心深くて、ドキドキしましたけどね。このまま連行されたらどうしようって」

　アキ姉が掃き出し窓を見やりながらため息をつく。ふゆりんも「スマホのライトが戻ってきたからびっくりしたんだよ～」と笑った。

　つまり、私がなっちゃんに命じられて窓の施錠を再確認したとき、カーテンを揺らしたのはふゆりんだったということだ。

「でね、アキ姉が戻ってきたらすぐ、反対側の窓にダッシュしたんだあ」

「それで今度はふゆりんが外に出て、待ち構えてたってことか」

　なっちゃんが苦虫を嚙みつぶしたような顔をした。

「うん、大当たり～」

「一方、中ではアキ姉が窓の鍵を閉め、再びカーテンを揺らして私たちを脅かした、と」

「そういうことです」

「あれ？　でも」

　私はふと首を傾げた。

「私たちが入り口の鍵を開けて格技場の中に突入したとき、アキ姉はちょっと遅れて外から入ってきたよね。ドアも窓も開けずに、どうやって外に出たの？」

「あれはですね——ちょっとした心理トリックですよ」

アキ姉がつかつかと入り口のドアに歩み寄り、そのそばにかかっている黒いカーテンを指差した。

「ここに隠れていたんです」

「入り口のカーテンの……裏？」

「ええ。格技場の中に誰がいるのか気になっている皆さんは、我も我もと中に駆け込むでしょう。まさか自分の一番近くに相手が隠れているとは思いもしないわけです。皆さんが遠くに気を取られている間に、私はカーテンから抜け出し、開け放たれたドアに手をかけて、『どうです、見つかりました？』と声をかける。そうすると皆さんは、あたかも私が外から入ってきたかのように錯覚するわけですね」

「灯台下暗し、ってやつか」

なっちゃんが悔しそうに入り口のドアに近づき、カーテンをぐるぐると自分の身体に巻きつけ始めた。まんまと騙《だま》されたショックが大きいのだろう。

「それで、いったい誰なのよ。電気を消した格技場なんかに閉じこもって、私と田中くんを脅かしたのは！」

村尾さんがものすごい勢いでふゆりんに詰め寄った。まったく動じずにニコニコしたまま、ふゆりんが無邪気に答える。

「さっきアキ姉が言ってたとおり、私たちは、村尾さんが幽霊を目撃した日のことをしっかり再現してたんだよ～。アキ姉が庄司くん役。私が花井さん役。剣道部の皆さんが、小林さん役」

「ってことは――」

全員の目が、庄司くんと花井さんへと向いた。


二人は隣同士に立っていた。

身長差が三十センチくらいありそうな男女が、気まずそうに目を伏せる。

「入り口のカーテンの裏に隠れてさりげなく合流することができた人物は、突入時に遅れて入ってきた庄司くんしかいません。そして、格技場を最後に出て外から鍵を閉めたと話した花井さんは、確実に嘘をついています」

アキ姉の追撃に、庄司くんは諦めたような表情を見せ、花井さんは顔を真っ赤にした。

「ごめんなさい」

花井さんが深々と頭を下げる。

「まさか、幽霊だと勘違いされるなんて、思わなかったんです」

「私が見た女の人は、花井ちゃんだったってこと？」

目を剝く村尾さんに、庄司くんが「すまなかった」と謝った。

「あのときはとにかく無我夢中でさ。どうしてもみんなに見つかりたくなくて、騙すような結果になってしまったんだ」

「見つかりたくないって……お前ら、いったい中で何をしてたんだよ」

「言えないようなことなの？」

田中くんと小林さんが語気を強めると、庄司くんが「いや、違う！」と目を見開いた。

「お、俺らは……ただ、話したかっただけなんだ」

「話したかった？」

「稽古中にあんまり喋ってたら仲を疑われるし、家が逆方向だから一緒に帰ることもできなくて。だから……練習が終わってみんなが出ていった後に、な」

「いつも着替えるのが遅い私を、庄司くんが待っててくれるようになったの。それが最初だった」

　顔を赤くした花井さんが言葉を継いだ。

「最後に出る人が照明を落としてドアを施錠して、鍵を職員室に返すことになってたから、ほとんどいつも私が当番だったんだけど……たまには俺がやるよって、言ってくれて」

「電気を消して外に出るまでの間、少しだけ残って花井と喋るのが、いつからか楽しみになってたんだ」

「ちょっとずつお喋りの時間が延びていって、ね」

　二人が交互に説明する。

　顔をしかめていたなっちゃんが、「君たちは、付き合ってるってこと？」と唐突に尋ねた。

「ち、違うよ！」

「付き合っては、ない」

　ぴったりと息の合った様子で、二人が同時に否定した。

「あの日は――急に外で村尾の叫び声が聞こえたから、びっくりしたんだ」

　庄司くんが床に視線を落とした。

「そのとき俺は、ちょうど更衣室から出てきたところだった。テーピングを外していて、珍しく花井より帰り支度が遅くなったんだ」

「私は、入り口のあたりに立ってたの。照明がついていたらみんなが戻ってきちゃうかもしれないから、念のため電気を消して」

「村尾の叫び声を聞いて、俺は慌てて窓に駆け寄った。たぶん、そのときにカーテンを揺らしてしまって、村尾や田中を余計に驚かしてしまったんだろうな」

「私も私で、びっくりして入り口の鍵を中から閉めちゃったの。庄司くんと二人で暗い格技場にいるところを見つかったら、絶対に冷やかされると思って」

ふうん、とふゆりんが愉《たの》しげに頷いた。「それで、格技場の中から消える作戦を、思いついたんだね」

「はい……」

花井さんが小柄な身体をさらに縮め、申し訳なさそうに俯く。「言い出したのは俺なんだ」と庄司くんが花井さんをかばうように言った。

「村尾と田中が建物の周りを歩き始めたのが分かったから、どうにかしてごまかさなきゃいけないと思って……急いで窓から外に出て、部室棟でサッカー部の奴らと喋ってたふりをして、村尾と田中の前にいったん姿を現して……それから中に戻って、今度は反対側の窓から花井に外に出てもらって」

「全部、さっき長南さんと北海さんが再現したとおりです」

すみませんでした、と花井さんは肩を落とした。その横で、「大ごとにしちゃって
ごめん」と、庄司くんも頭を下げる。

沈黙を破ったのは、村尾さんだった。

「なーんだ、そんなことなら必死に隠れなくてもよかったのに。幽霊だと勘違いしち
ゃったじゃないの」

「……村尾」

「ま、真相が分かった以上は、大いに冷やかさせてもらいますけどね。こっちはめち
ゃくちゃ怖い思いをさせられたわけだし」

村尾さんはそう宣言し、眼鏡の奥から鋭い視線を放った。

「で？　いつまでも煮え切らない態度取ってんじゃないわよ、庄司！　花井ちゃん
も！」

「え、ええっ」

「わ、私？」

「今の時代、男女平等でしょ？　どっちがどっちに告白したっていいのよ。さあ、大

事なことはさっさと済ませちゃいなさい」

え、今ですか——という私の呟きは、村尾さんの気迫に掻き消される。

剣道部の仲間だけでなく、成り行きでご一緒することになってしまった私たち初恋部員にも見守られながら、庄司くんと花井さんはゆっくりと向き合った。

「あの、花井っ」

「庄司くんっ」

「俺と」

「私と」

「付き合ってくれないか！」

「付き合ってください！」

さすが剣道部。

世にも珍しい告白の相打ちを、私たちは至近距離で目撃することとなった。

普段から稽古で鍛えているであろう、二人の威勢のいい声が、格技場に響き渡る。

しばらくの沈黙の後、「これからよろしく」「うん、お願いします」と二人は互いに返事をした。その声は、さっきの告白とは比べ物にならないくらい小さくて、照れ臭そうだった。

「おっめでとう！」

なっちゃんがヒューヒューと歓声を上げ、拍手を始める。剣道部の三人と、アキ姉とふゆりんが後に続いた。

なんだかこの光景、デジャブだな。

——と、心の中で首を捻りながらも、私も手を叩き、二人を祝福した。

*

六月中旬の土曜日。

誰もが心配していた雨予報はどこへやら、向日葵高校の校舎には燦々と陽が降り注いでいた。

生徒の保護者や兄弟姉妹、他校の生徒、近所のおじさんおばさん。敷地内は遊園地のように人であふれ返り、文化祭用のオリジナルTシャツを着た生徒たちが人混みの中を忙しく走り回っている。

そんな中、ここ格技場前には長蛇の列ができていた。

「お待ちの方は、どうか壁に沿ってお並びください！　ご協力お願いいたします！

「受付がまだの方は先にこちらへどうぞ！」

受付で整理券を配りながら、呼ばれるのを待っているお客さんたちの交通整理を行うのは至難の業だった。すでに声は嗄《か》れている。本当は受付業務だけに集中したいところだけれど、さっき向かいの体育館で演奏会を行っている吹奏楽部に怒られてしまったから、交通整理をサボるわけにはいかなかった。

長机に倒れ込みそうになりながら、私は小声で呟いた。

「人の波が全然途切れないね……アキ姉……」

「まだ十二時を回ったばかりですから、本番はこれからだと思いますよ」

「ええっ、まだ増えるの？」

去年は帰宅部で、クラスの出し物も特になかったため、完全にお客さん気分だった。校舎内をふらりと歩いた後、ジュース売りのシフトを終えて暇を持て余していた美里と合流し、学校を抜け出してドーナツショップでぐだぐだしていた記憶しかない。

「いくらお化け役に人員を割かなければならなかったとはいえ、受付担当を二人にしたのは失敗でしたね。これではお昼休憩を取れるかどうかも怪しいです」

「嘘っ、お昼食べずにこのまま五時まで？　死んじゃうよ！」

「入館希望のお客様ですね。通常コースか、ランダムマッチコース、どちらかお選びください」

私の嘆きをスルーして、アキ姉は新しくやってきたお客さんの受付を始めてしまった。私も仕方なく、「壁に沿ってお並びくださぁい！」と再び声を張り上げる。

「ずるいなぁ、お化け役の人たちはきちんと休憩時間があるのに」

三十分ほど前に格技場の中から出てきて「どっかでお昼食べてくるね！」と去っていったなっちゃんの姿を思い出しながら、私は深くため息をついた。

そういえば、頭に刺さっていたナイフはさすがに外しただろうか。血糊《ちのり》はトイレでちゃんと落としただろうか。あの姿のまま模擬店に入ったりアイスを買ったりしていないことを祈るばかりだ。

「でも、ハルはお化け役にはなりたくなかったんでしょう」

「嫌だ。絶対に嫌だ。中に入りたくないもん」

「じゃ、仕方ないですね」

アキ姉はテキパキとした動作で、次々とやってくるお客さんに整理券を渡していく。前のお客さんが入ってからすでに二分経過していることに気づき、私は慌てて次の番号を呼んだ。「お化けに危害を加えるのは禁止です」と注意事項を伝えながら、黒いカーテンのかかった入り口へと誘導する。

中からは、絶えず悲鳴が聞こえていた。

出てきた人たちは、一様に興奮した表情をしている。泣きながら飛び出してきた小学校低学年くらいの子もいた。「めちゃくちゃ怖かった！」「想像以上に広いし！」「文化祭でよくこれだけやるねえ」という感想を聞く限り、評判は上々のようだ。

一番の立役者は、剣道部の田中くんだろう。いざ格技場でお化け屋敷をやると決まってから、「お化けの数は多ければ多いほどいい」と言って、空手部を仲間に引き入れてくれたのだ。

おかげで、格技場の中では三十余名のお化けたちが活躍している。めちゃくちゃ怖い、という感想が多いのも、お化けの正体が剣道部員と空手部員だからかもしれない。彼らはよく声が出るし、まとっているオーラや気迫も尋常ではないのだ。

そんなメンバーの中で、なっちゃんはともかく、ふゆりんは問題なくお化け役をやれているのだろうかと心配になる。今朝見たときは点々と血の付いたナース服を着て「注射しちゃうぞ〜」などとはしゃいでいたけれど、あれではうっかり採血に失敗した新米美人看護師にしか見えない。

「そろそろなっちゃんの番号ですけど、戻ってきてます？」

アキ姉が眼鏡に手をやり、辺りを見回した。私はパイプ椅子から立ち上がって、人混みに目を凝らす。

「あ、来た来た！　いいなあ、アイス食べてる」

「血糊はきちんと落としたようですね。安心しました」

「あの格好のままお客さんとして中に入ったら、お化けのほうがびっくりするよ」

　アイスのコーンをバリバリと食べながら近づいてきたなっちゃんは、「よっ」と片手を上げた。

「順番、もうすぐ？」

「うん。次の次だから、そのへんで待っててね」

「はーい。超楽しみ！」

　楽しみなのは、私たちも一緒だ。

　初恋部がこの向日葵祭でお化け屋敷などという大規模な企画を実行することになったのは、元はといえば、なっちゃんが『吊り橋効果作戦』を実行したいと言い出したからだ。そのために、剣道部と空手部にはろくに相談もせず、通常コースとランダムマッチコースという二つの選択肢をわざわざ作った。

　通常コースは、一緒に来た友人や家族と入場するコース。

　ランダムマッチコースは、言い換えればおひとりさまコースだ。受付した人をこちらが勝手にマッチングしてペアを作り、その二人でお化け屋敷に入ってもらう。

文化祭マジックコース、と呼んでもいいだろう。なっちゃんが申し込みをしたのは、もちろんこちらのコースだ。

そう。今日の文化祭も、れっきとした初恋部の活動の一部なのである。

庄司くんと花井さんという新たなカップル（初恋部活動史上、一か月ぶり二組目）を誕生させてしまったというだけでは、さすがに終われない。

「Aの三十二番、Bの三十二番の整理券をお持ちの方」

私が嗄れた声で呼ぶと、なっちゃんがスキップしながら飛んできた。その後ろから、なっちゃんより少し背の高い、真面目そうな男子生徒が現れる。

上履きのゴムの色は、赤。

ということは、三年生の先輩だ。

顔もけっこうハンサムだし、秀才っぽい雰囲気があるし――これは、なかなかの優良物件なのでは？

期待に胸を膨らませながら、二人を入り口へと誘導した。よろしくね、お願いします、と二人が挨拶を交わしている。私は黒いカーテンを小さく開け、「それではいってらっしゃい」と中へ送り込んだ。

「いよいよ入りましたね」

受付の席に戻ると、アキ姉が緊張の面持ちで話しかけてきた。

「ね、どうなるかな」

「懸念点は、なっちゃんが内部構造を熟知してしまっていることですね。なっちゃんの心臓の鼓動が速くなるかどうかは、お化け役の皆さんの演技力にかかっています」

「そこは剣道部と空手部の底力を信じたいね」

忙しく業務をこなしながらも、私とアキ姉はドキドキしながらなっちゃんの帰りを待った。

そして、約十五分後。

出口から派手な悲鳴を上げて飛び出してきた男子生徒を見て、私とアキ姉は目を丸くした。

男子生徒は、隣に寄り添う女子生徒の腕をつかんでいる。

恐怖に怯《おび》えた顔で縋《すが》りついてくる先輩男子の顔を、なっちゃんは白けた顔で見下ろしていた。

「はーい大丈夫ですよ先輩、もう終わりましたよぉ」

「ああ、よかった。……い、いやあ、楽しかったね！」

優良物件だったはずの先輩男子が、我に返った様子でなっちゃんの腕から手を離す。

彼は青い顔をして、ハンカチで額の汗を拭い始めた。

「ところで、な、名前を聞いてなかったよね！」

「あー、そうですね」

「せっかくだしさ……よかったら、連絡先でも交換しない？」

恐る恐る尋ねてくる先輩男子を見て、あれ、と私は考え込んだ。

もしかしてなっちゃん——逆に、相手に恋されてないか？

「あ、今スマホ持ってないんで。すみません」

「それなら、紙に書くから——」

「よい一日を！」

なっちゃんは呆気なく先輩男子を振り、受付へと駆け寄ってきた。隣でアキ姉が

「ダメでしたか」とため息をつく。

「ねえねえ、全然効果なかったんだけど！」

なっちゃんが憤然と言い、長机に勢いよく両手を叩きつけた。

「剣道部と空手部のお化けはけっこう迫力あったのにさ！　私以上に相手がビビっちゃうんだもん」

「『吊り橋効果』がてきめんだったのは相手だけだったか……」

「ん？　何か言った？」

「あ、ううん、別に！」

なっちゃんは口を尖らせ、ガタガタと受付の長机をゆすった。

「ねえねえ、ハルとアキ姉もやりなよ。ランダムマッチコース！」

「無理ですよ。受付は一人では回せません」

「だったら私が代わるから」

「なっちゃんはそろそろ中に戻らないといけない時間でしょう」

「えっ、もうそんな時間？」

お化け屋敷発案者のなっちゃんは、よろよろと受付を離れ、今度はスタッフとして格技場の中に入っていった。

「上手くいかないものですね」

と、アキ姉が呟く。

「そうだねえ」

いつになったら、私たち四人に春は訪れるのだろうか。

季節はもう、すっかり夏だ。

3時間目

古典は恋の入門書

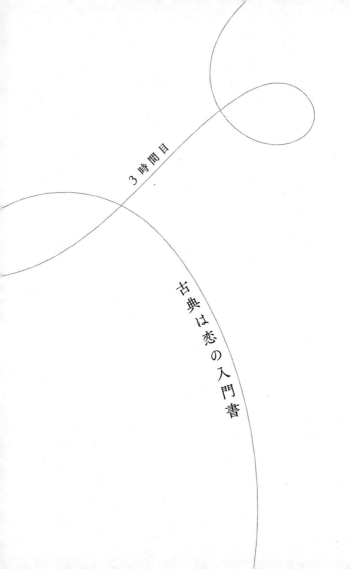

窓を開けて涼むという原始的な方法では、七月中旬の暑さに太刀打ちできない。名ばかり顧問の後藤先生に冷房使用許可を得て、初恋部は快適な温度に保たれた教室で活動を行っていた。

そのため、ドアや窓はすべて閉め切っている。しかし、放課後の教室から漏れ聞こえる呪文のような声は、廊下を歩く者をもれなく驚かせる効果を持っているらしい。さっきから、目を丸くして教室を覗き込む先生や生徒が後を絶たなかった。

「まだあげ初《そ》めし前髪の」

「まだあげ初めし前髪の」

「林檎《りんご》のもとに見えしとき」

「林檎のもとに見えしとき」

「前にさしたる花櫛《はなぐし》の」

「前にさしたる花櫛の」

「花ある君と思ひけり」

「花ある君と思ひけり」

凜としたアキ姉の声に続いて、私、なっちゃん、ふゆりんの三人が声を揃えて一節を繰り返す。

　プリントには、まだまだ続きがあった。今音読しているのは、島崎藤村《しまざきとうそん》の詩『初恋』。さっきまでは万葉集や百人一首の恋の歌をありったけ読まされていたし、この後には中原中也《なかはらちゅうや》、高村光太郎《たかむらこうたろう》といった昔の有名詩人の作品がずらずらと並んでいる。

　作成者はもちろん、アキ姉だ。古典が苦手な私にこんなプリントは作れない。すでに目がとろんとしているなっちゃんや、紙の端っこを折って遊び始めているふゆりんだって、お世辞にも古典好きとは言えないだろう。

「誰が踏《た》みそめしかたみぞと」

「誰が踏みそめしかたみぞと」

「問ひたまふこそこひしけれ」

「問ひたまふこそこひしけれ」

　十六行に及ぶ『初恋』の音読を終えたところで、なっちゃんが「ギブ！　ギブ！」という切羽詰まった声とともに手を挙げた。

「さすがにノンストップはきついって。一回休もう。ね、アキ姉」

「あら、そうですか？　半分ほどに到達したら休憩を挟もうと思っていたんですけど」

「はあ？　まだ半分もいってないの、これ？」

「最後の源氏物語が長いんですよ」

その言葉を受け、終わりのほうのページをパラパラとめくってみる。確かに、これまでとは比較にならないほど細かい字で、源氏物語からの抜粋が印刷されていた。

たぶん、初めて般若心経《はんにゃしんぎょう》を唱える見習いのお坊さんも、今の私たちと同じような気分なんじゃないだろうか。

終わりが見えず、意味も分からない中、ただひたすらに師匠の目を気にしながら、文章を声に出して読まなければならない。

間違いなく、ただの苦行だ。

「いやあ、アキ姉、せっかく用意してもらったのにこういうこと言うのはアレだけどさ……これを読んだところで、本当に恋愛の勉強になるんかね？」

「なりますよ」

アキ姉が間髪いれずに断言した。そのあまりに平然とした態度に、天下のなっちゃんがたじろぐ。

「でも、私たちが生きるのは令和の時代だよ？　数十年や数百年前の恋愛を知ったところで、果たして意味があるのかな」

「あります」

「……やけに自信があるんだね」

「いくら時が経っても、恋愛という概念は不変ですから。でなければ、時代や国を問わず、これほど多くの作品の主要なテーマになるはずがありません」

「まあね。海外にも、『ロミオとジュリエット』とか、有名な作品があるもんな。あれはフランスだっけ」

「舞台はイタリアです。作者のシェイクスピアはイギリス人」

アキ姉が小さくため息をついた。私たちの教養のなさ、ひいては古典耐性のなさに呆れ果てているのだろう。

この空気をどうにかしなくてはと、私は慌てて口を開いた。

「アキ姉はどうして、そんなに歴史や古典に詳しいの？」

「ずっと、愛読してきたからです」

「何を？」

「歴史書や和歌集、そして枕草子や源氏物語といった古典文学を」

「それは……いつから？」

「小学三年生くらいからですかね。もちろん最初は、丁寧な注釈がついた子ども向けの本や漫画から始めましたが」

その答えに、私は絶句する。「小三って、何してた?」となっちゃんとふゆりんに尋ねると、「外でサッカー。あとはゲーム」「お絵描きとか、少女漫画とか」という答えが返ってきた。

私も似たようなものだ。テレビばかり見ていた記憶がある。

「すげえな」

なっちゃんがヒューと口笛を吹いた。

「だからアキ姉は頭がいいんだ」

「そんなことはないですよ」

「なんで昔のことに興味持ったわけ?」

「神秘を感じたんです。長い時を超えて語り継がれてきた出来事や、今なお名作と呼ばれる歌や物語に。歴史や古典を知ることは、すなわち、私たちの生きる世界の成り立ちを理解することですから」

「はあ」

「過去があって、今がある。だから私は、現代のことよりも、まず過去のことから順を追って知っていきたいと思ったんです。その結果、未《いま》だに過去から抜け出せていないんですけどね」

「あ、そういうことか。いずれ現代に移行する気はあるんだ？」

「いえ。とっくに諦めました。人生百年時代とはいえ、歴史や古典を隅々まで知るには時間が足りなすぎます」

「死ぬまで沼に浸《つ》かる気か……」

なっちゃんが遠い目をした。

この間、アキ姉に「歴史上の人物では誰が一番好き？」と尋ねたところ、聞いたことのない人物の名前が返ってきた。平安時代の三十六歌仙のうちの一人で、古今和歌集にも作品が載っていて、百人一首の「心あてに〜」の歌を詠んでいる人らしい（名前は忘れた）。

危機感を覚えたのは、その人物について語るアキ姉の頰が紅潮して、なんだかものすごく可愛らしく見えたことだ。

脳内の時が平安時代で止まっている様子のアキ姉が、この先、現代の男子に興味を持つことがあるのかどうか。

初恋部の部長として、もはや不安しかない。

――まあ、かくいう私も、他人の心配をしている場合ではないのだけれど。

「じゃあアキ姉ってさ、古典の島本《しまもと》に突然当てられても、何でもすらすら答えられるわけ？」

なっちゃんが尋ねると、アキ姉は「ええ、基本的には」とあっさり頷いた。私は驚きのあまり目を見張る。

「し、島本先生の嫌がらせみたいな質問に、答えられるの？」

「はい、大まかには。というか、嫌がらせだと思ったことは一度もありませんけど」

「嘘でしょ……」

自作のプリントを持って教壇に立っているアキ姉の姿が、急に神々しく見えてくる。

島本先生というのは、「これくらい分かって当然ですよねぇ」などと言いながら生徒に豆知識レベルの超難問をぶつけてくる、古典担当の嫌味《いやみ》な教師だった。

まさか、あの人と対等に渡り合える生徒が学年内に存在するなんて。

ちなみに、私は一度も正答したことがない。アキ姉を見つめるその愕然とした表情を見る限り、なっちゃんやふゆりんも同様だろう。

「島本はさ、ランダムに当てるのもたちが悪いんだよな。英語の先生たちみたいに、せめて前から順番に当ててくれれば、心の準備くらいはできるのに」

「英語は、どの先生も本当に優しいよねえ」

ふゆりんがうんうんと頷く。

「あれって、英語の先生たちみんなで、方針を揃えてるのかなあ。だいたい、一番前の端の人から順番、だもんねえ」

「かもね」私も二人の会話に加わった。「それに比べて、数学はランダムに当てる先生ばかりで困る」

「あれもあれで、数学科の中で示し合わせてるんじゃないか。生徒には厳しくしよう、って」

「だとしたらひどい！」

「ま、鬼問題を出してこないだけ、島本よりはましだよ」

なっちゃんが大きな口を開けて笑う。その島本先生の非道っぷりが学年で唯一実感できないであろうアキ姉は、私たちが噂話をする間、静かに首を傾げていた。

アキ姉がふと、手元のプリントに目を落とす。

「あの、そろそろ続きを始めてもいいですか。休憩はもう十分ですよね」

その言葉に、なっちゃんが顔をこわばらせた。どうしよう、と泣きつくような顔で、こちらに視線を送ってくる。

いや、そんな目で見つめられても。

私にだって、スイッチの入ったアキ姉を止める方法は分からない。

「ねえ、アキ姉、一つ訊きたいことがあるの。いいかな」

口を開いたのは、無言で視線を送り合う私となっちゃんのどちらでもなく、ふゆりんだった。

「アキ姉は、本当にすごいよね。このプリントに載ってる古文や昔の詩が全部、するっと頭に入っちゃうんだもんね。でもね、もしかしたら、私たちはちょっと、いきなりレベルを上げすぎちゃったかもしれないなあ、って」

「ん？　どういうことですか」

眉を寄せたアキ姉に向かって、ふゆりんがにっこりと微笑む。

「私もね、『いくら時が経っても、恋愛という概念は不変』って考え方には大賛成なんだ。だけど、突然ずっと昔の文章を読もうとしたら、難しくて挫折しちゃうかもしれないって、不安になっちゃって」

「ああ、そうでしたか。強要してしまいすみません」

「ううん、全然。恋についての文章をみんなで読むの、すごく楽しいよ。だから、えっと──例えばだけどね、まずは、昭和に書かれた作品くらいから始めてみたらどうかな～、って」

私となっちゃんは、思わず目を輝かせた。

ふゆりん――ナイス！

相手の心を傷つけずに、こちらの負担を最大限減らす。しかも、ふわりとした優しい口調でさりげなく提案する。こんな芸当ができるふゆりんは、間違いなくモテ女だ。

アキ姉も、目をつむってゆっくりと頷いている。

「そうですね。恋愛は古典から学ぶのがいいと思っていましたが、それはあくまで主観的な考えです。より身近なものとして感じ取るには、そのくらいの年代のものがちょうどいいのかもしれませんね」

「ありがと、アキ姉！　分かってくれて」

「いえいえ。そういうことだったら、他に手頃な教材がありますよ」

アキ姉が不意に教壇を降り、近くの机に置いてあった鞄を漁《あさ》り始めた。

「なになに、手頃な教材って」

気になったのか、なっちゃんが席を立ち、アキ姉の手元を覗き込む。しばらくして、

「おっ、手紙だ！」となっちゃんが叫んだ。

アキ姉がクリアファイルから取り出したのは、丁寧に折りたたまれた白い便箋だった。私とふゆりんも椅子から立ち上がり、アキ姉のそばに近寄る。

ボールペンで書かれた、直筆の手紙。

縦書きで、文字がどことなく角ばっているあたりが、妙に古めかしく感じられる。

「うわ、『拝啓』だって！　今どき、そんな書き出しありかよ」

なっちゃんが面白がって便箋を取り上げた。

「何これ、誰から誰に宛てた手紙？」

「さあ。まったく分かりません」

「分からない？　なんで？」

「教室で、この折りたたまれた便箋だけを見つけたんです。この差出人、文章の末尾に自分の名前を書いていないんですよね。封筒には書いてあったのかもしれませんが」

「ふうん。謎めいてるね」

「紙に日焼けは見られませんが、内容や文体からして、今の高校生が書いたとはとても思えません。とすると、この手紙は、教室のどこかに残されていた昭和の時代の遺物なのではないでしょうか。それが、ふとした拍子に出てきてしまい、私の目に触れることになった、と」

「へえ。で、内容は？」

「ラブレターです」

「ラブレター!?」

なっちゃんとともに、私とふゆりんも大声を出した。

「ええ。ですから、手頃な教材と言ったんですよ」

アキ姉が赤い縁の眼鏡を指先で押し上げ、得意げな目をした。

「スマートフォンがすっかり普及した今の時代、高校生が書いたラブレターというものは非常に希少価値が高いです。率直に恋心を表した、便箋数枚にわたる完成された文章――これを読解することで、私たちは恋心について理解を深めることができるのではないでしょうか」

「どれどれ。どんな手紙か読んでみるか」

なっちゃんが一枚目の便箋の冒頭を音読し始めた。

拝啓
紺碧《こんぺき》の空に雲は一片もなく、暑さが日ごとに加わるようです。
突然お手紙を差し上げてしまいすみません。驚かせてしまったでしょうか。
実は、前々から、あなたに気持ちを伝えるかどうか悩んでおりました。
ここ最近の晴れ続きの天気に背中を押され、ようやく意を決し、この手紙を書いている次第です。

「うっわ！　うっっわ！　想像以上にラブレターって感じ！」

むず痒さに耐えきれなくなったのか、なっちゃんが急に読むのをやめ、興奮した声で叫んだ。

「これ、まじで私たちと同じ高校生が書いたのかよ。信じられない」

「すごく、ときめくねえ～」

相槌《あいづち》を打ったふゆりんは、手紙の文章に釘付《くぎづ》けになっている。小学生の頃から少女漫画を読んでいただけあって、こういう演出には弱いようだ。——自分自身が恋に落ちるかどうかはともかくとして。

私も、この手紙には不思議と心惹《ひ》かれていた。一つ一つの文章に込められた真心が、数十年の時を超えて、ダイレクトに胸に響いてくる。

「綺麗な字だけど、女子ではないだろうな。差出人は男子だ」

「だろうね」

なっちゃんの言葉に、私は小さく頷いた。筆跡もそうだし、『紺碧の空』や『意を決し』といった硬い言い回しからも、男性が書いた文章という印象を受ける。

「皆さんの新鮮な反応をこうして目の当たりにすると、もはやラブレターも『古典』の定義に含めていいような気がしてきますね」

アキ姉が頬を緩め、なっちゃんが手に持っている便箋を眺めた。

「どうでしょう。恋の入門書として、まずはこのラブレターに隠された心情を紐解《ひもと》いてみるのは」

「さんせ〜い！」

ふゆりんが元気よく手を挙げた。同時になっちゃんが黒板に駆け寄り、例のごとく、今日の活動内容を一言で書き出す。

『古典は恋の入門書　昭和のラブレターを読解せよ！』

「なかなかいいタイトルですね。一点注釈を入れるとするなら、昭和のものかどうかは確証がありませんけど。ひょっとすると平成初期かもしれませんし」

「平成初期って、まだケータイはないの？」

ふゆりんが首を傾げると、アキ姉が笑って答えた。

「一般には普及していませんよ。ましてや高校生にはね。公衆電話やＦＡＸを普通に使っていた時代ですから。あとはポケベルでしょうか」

「わあ、想像できない！」

「まだカセットテープやビデオテープが現役だった頃です。インターネットもありません」

「すごーい。インターネットがない中で、みんなどうやって生活してたのかな」

「だからこそ、手紙が大事な手段だったわけですよ。クラスメートに恋愛感情を伝えるための」

アキ姉が拳を握って力説する。やみくもに和歌や詩を音読し始めてから五十分が経ち、ようやく今日の方向性が定まったようだ。

「ちなみにだけどさ」

なっちゃんが便箋をひらひらとなびかせながら、アキ姉に尋ねた。

「この手紙、教室のどこで見つけたの？　大掃除したら出てきたとか？」

「いいえ」

アキ姉が小さく首を左右に振る。

「机の中にありました」

「……え？」

「だから、机の中です」

「誰の？」

「それはもちろん、私のですけど」

「えええええっ」

「何を驚いてるんですか。私が他の人の机を物色するわけないでしょう。変な疑いをかけられてしまいます」

「そうじゃなくて！」

なっちゃんが便箋を投げ出し、アキ姉の両肩をむんずとつかんだ。宙に舞った白い紙を、私は「わわっ」とキャッチする。

「アキ姉、鈍感にもほどがあるって！」

「何ですか急に。人を罵倒するのはやめてください」

「いい？　よく聞いて。この手紙は、昭和でも平成初期でもなく、ごく最近書かれたものだよ」

「え？　そうなんですか」

「むしろどうして気づかなかったかなあ」

アキ姉のあまりの天然っぷりに、なっちゃんが「まったくもう」と黒髪ショートへアを掻きむしる。

「このラブレターは、アキ姉宛てだよ!」

「え?」

「いつの間にか机の中に入ってたってことでしょ? この手紙を書いた男子が、アキ姉に渡すために入れたんだよ。そうとしか考えられない」

「まさか。そんなことがあるはずないですよ。私は普段、この高校の男子とほとんど喋っていないですし」

「でも、少しくらい交流のある男子はいるだろ」

「最近まともに会話をしたのは、歴史研究部の部長くらいです。それも、百人一首の選歌方法と後鳥羽《ごとば》上皇の関係について意見を交わしたくらいで」

「そいつがアキ姉に恋をしているのかもしれないじゃないか!」

もう我慢できない、といった様子でなっちゃんが声を張り上げる。

「歴史研究部なら、こういう古風な手紙を書く奴がいてもおかしくない。しかも、告白の相手はアキ姉だ。きちんとアキ姉の趣味を理解した上で、気に入ってもらえるような方法を選んだんだよ。きっとそうだ」

「まあ……」

アキ姉は困ったように眉尻を下げ、私が手にしている便箋へと目を向けた。

「なっちゃんがそう主張するのであれば、そうなのかもしれませんが……」

「やっと認めたな！」

なっちゃんが勝ち誇った顔で言い放ち、突如そばにあった椅子の上に立ち上がった。

「すごい！　これはすごいぞ！　祭りだ！」

「わあ〜い！　コンビニでお菓子を買ってきましょうっ」

学年きってのイケメンと美女が、手を叩いたり跳ね回ったり、どんちゃん騒ぎを始めてしまった。そんな二人のテンションに面食らいながらも、「アキ姉おめでとう！」と私も拍手をする。

「ちょっと、皆さん落ち着いてください。手紙が来ただけで、差出人も分からないんですよ？　これが仮に私に宛てられたものだとしても、検討や対処のしようがありません」

「それは確かにそうだな」と、なっちゃん。

「相手の男の子が、アキ姉のお眼鏡にかなうかどうか、分からないしねえ」と、ふゆりん。

「そこでアキ姉のほうにも恋心が芽生えれば、初恋部史上初の成功事例になるんだけどなぁ」と、顧問の後藤先生への成果報告を目論む私。

「いずれにせよ、差出人の正体が判明しないことには仕方ありませんね」

アキ姉が深くため息をついた。そんなアキ姉に対し、「本当に心当たりがないわけ？」となっちゃんが怪訝な目をする。

「ないですよ。さっきも言ったじゃないですか」

「じゃ、やっぱり歴史研究部の部長か」

「彼も違うと思います。歴史研究部には私も所属しているわけですから、部室などでいくらでも会う機会はあります。一組の彼が、わざわざ八組の私の机まで手紙を入れにくる必然性がありません」

「うーん、他に頻繁に交流のある人はいないの？」

「かるた競技部の部長とはよく話しますね」

「それだ！」

「でも女子ですよ」

「紛らわしい情報を出すな！」

なっちゃんは頭を抱え、「全然分かんないや。いったい誰なんだろ」と弱音を吐いた。

「憶測を繰り広げる前に、ひとまず手紙を最後まで読んでみてください。そこにヒントが隠されているように思います」

アキ姉に促され、私は慌てて手元の便箋を机の上に広げた。丁寧な字で書かれた文章が、四枚にわたって続いている。

なっちゃんとふゆりんをそばに呼び寄せ、私は手紙の続きを黙読した。

私があなたの姿を初めて見かけたのは、今から一か月ほど前のことです。私は廊下に立って、八組の授業が終わるのをじっと待っておりました。

教室を覗き込んだ私は、ふと心を惹かれたのです。あなたはちょうど先生に当てられて、難しい古典の問題にすらすらと答えているところでした。

窓から差し込む日光を全面に受けているあなたの立ち姿は、とても神々しく、そして美しく見えました。

それからというもの、少しだけ早く八組の教室に駆けつけて、あなたの姿を一瞬でも目に焼きつけることが、私の楽しみになりました。

あなたが一生懸命勉強をしていた日には、私も熱心に授業に臨むようにしました。

あなたが少し疲れた様子で窓の外を眺めていた日は、私も同じように自分に甘くなり、よそ見をしました。

この席から外を見るのが、私はとても好きです。あなたも同じ場所から、校庭で体育をしている生徒たちを観察していたのかと思うと、なんとなくくすぐったい気持ちになるからです。

そうやってあなたのことを考えていると、いつの間にか先生に当てられる順番が回ってきていて、授業が始まって早々びっくりすることがあります。おかげで、何度も周りの生徒に笑われてしまいました。自業自得ですね。

ちなみに、この手紙は授業中に書いています。先ほど発言の順番は終えたので、突然指されることはないでしょう。書き終わり次第、このままそっと、あなたの机に入れておくことにします。

もし、あなたが少しでも私に興味を持ってくださるようであれば、お返事をいただけたら嬉しいです。

あと二週間で夏休みですね。

暑さに負けず、元気に夏をお過ごしください。

敬具

　ふうむ、となっちゃんが唸った。

　じっくりと読んでいたのか、私やふゆりんよりもずいぶんと時間がかかったようだった。

「これさ——けっこう、対象が絞られないか？」

「私もそう思う！」すかさず、私も同感の意を表明した。「この人、アキ姉の席に座って授業を受けてるんだよね。移動教室で八組に来てる人、ってことだよ！」

「途中に書いてある、『八組の授業が終わるのをじっと待っておりました』っていうのも、そういうことだよな」

「うん。自分のクラスの授業が早く終わることのほうが多いんだろうね」

「さあて……これは頑張れば突き止められる気がするぞ」

　なっちゃんがシャツの袖をまくった。

「まず——アキ姉、ちょっと教えてほしいんだけど。手紙を発見したのは、いつ？」

「今日の、お昼休みに入る前ですね。四時間目の直後です」

「その手紙が確実になかったと言えるのは、いつまで？」

「一時間目が終わったときにはまだありませんでしたよ」

「どうして分かる？」

「二時間目の移動教室に備えて、物を出し入れしたからです。数学の教科書を誤って一番下に入れてしまっていたので、机の中のものをほとんどひっくり返すことになったと記憶しています。手紙が入っていれば、そのときに気づくはずです」

「オーケー。その後は確認しなかったの？」

「机の中から教科書を取り出すことはありましたけど、注意して見たわけではないですね」

「なるほど」

「そして四時間目は、再び移動教室でしたよね。私の場合は物理でしたが」

「おお、忘れてた。そうだ、今日の午前は二回も移動教室があったんだ！」

なっちゃんが、カブトムシを見つけた少年のように目を輝かせた。

「全クラスをシャッフルする移動教室といえば、数学と英語、それから理科だよな。他にあったっけ」

「ううん」ふゆりんがゆるゆると首を横に振る。「それだけだよ」

世の中には、二年生か三年生になるとクラスを進路別に編成する高校もあると聞く。向日葵高校の場合はそうではなく、柔軟な選択授業を設けることで、生徒それぞれの希望に対応していた。

三年生になるとほとんどの授業が選択制になるらしいけれど、二年生の時点では、対象となる科目は三つだけだ。

卒業後の進路を見据え、文系コースと理系コースに分かれている数学。ライティングやスピーキングなど、重点的に伸ばしたい要素別になっている英語。生物、化学、物理の中から一科目選択する、理科系科目。

選択制授業の時間になると、自分だけの時間割をもとに、生徒たちは各教室に移動する。イメージとしては、たぶん、ちょっとした大学の授業みたいなものだ。

「その中のどれかを、八組の教室で受けてる人はいる？」

なっちゃんの質問に、ふゆりんが「はあい」と手を挙げた。

「私ね、化学の授業を、いつも八組で受けてるよ」

「ってことは、今日も？」

「ううん。今日はなかったよん」

ふゆりんが場違いなピースサインを作る。そんな彼女に構わず、なっちゃんが「ハルは？」とこちらに鋭い視線を向けてきた。

「八組の教室は……使わないなあ。英語は一組だし、数学と生物は四組だし」

「そっか、誰もいないか。私は三科目とも七組なんだよなあ」

悔しがるなっちゃんの横で、ふゆりんが「あ、うちの教室だ〜」と天使の微笑みを浮かべる。「場所を覚えるのが楽でいいね」と私がフォローを入れると、「そうだけど、ラブレター男の正体解明にはまったく役立たない」となっちゃんは不機嫌そうな顔をした。

「ねえアキ姉、今日の二時間目と四時間目に八組で行われた選択授業は何か、知ってたりする？」

「いいえ。いくら自分のクラスとはいえ、個人の時間割に記載のないものは覚えていないです」

「昼休みに戻ったとき、黒板に何が書いてあったか、とかさ」

「英語だったような気はしますけど……」アキ姉は思案げに小首を傾げた。「気になるのであれば、八組に戻って確認してきましょうか。確か、教室の後方にある黒板に、教室の利用スケジュールが貼ってあった気がします」

「ナイス！　お願いしちゃっていいかな」

「では、少々お待ちくださいね」

アキ姉はストレートの黒髪ロングヘアをなびかせながら、二組の教室を出ていった。

静まり返った教室で、私となっちゃんとふゆりんは、そっと顔を見合わせる。

「すごいねえ、アキ姉」

最初に口を開いたのは、ふゆりんだった。

「男の子から、あんなに心のこもったお手紙をもらって。羨ましいなあ」

「内容的には、ベタ惚《ぼ》れって感じだもんな」

「でも、ふゆりんもなっちゃんも、ラブレターをもらったことくらいあるでしょう？」

私がさりげなく質問すると、二人はう一んと考え込み、「小学生の頃はね」「ケータイを持ってない子が多かったからな」と口々に答えた。

何度か経験がありそうなあたり、やっぱりこの二人は別格だ。

私なんて、ただの一度もない。

「でも、あんなに立派な手紙はもらったことないよ。『拝啓』と『敬具』だぜ？」

「私も。相手がアキ姉だからこそ、男の子も頑張ったんだろうねえ」

「それなら、最後に名前を書くのを忘れないでほしかったけどな」

「最後まで書き終わって、安心しちゃったのかもね」

「もしくは、気がついたら授業が終わりそうになってて焦ったとか？」

「それはあるかも！」

なっちゃんとふゆりんのモテ女トークを聞き流しながら、私も改めて心の中で叫んだ。

せめて名前くらい書きなよ、名無しの権兵衛くん！

それからしばらくして、ガラガラとドアが開く音がした。戻ってきたアキ姉が、

「確認できました」と淡々と報告する。

「二時間目が理系コースの数学、四時間目が英語のリーディングです」

「そうか。手紙を書いた男は、そのどっちかの授業で、毎回アキ姉の席に座ってるってわけだ」

「たぶん、そういうことになりますね」

「誰かいないかな。その授業取ってる人。あわよくば目撃証言がほしい」

なっちゃんがスマートフォンを取り出し、高速で指を動かし始める。今のクラスメートや去年のクラスメート、かつてのソフトボール部の仲間など、広い人脈を駆使して情報を得るつもりなのだろう。

学年に友達が少なく、リーダータイプでもない私は、こういうときにちっとも役に立たない。

仕方なく、手元の便箋に再び目を落とした。

もう一度、名無しの権兵衛くんの手紙をつぶさに読み返してみる。

堅苦しい時候の挨拶。

手紙を出すことになった経緯と決意。

一目惚れの瞬間。

その後の自分の気持ちと、授業中の過ごし方——。

「あれ？」

私が思わず声を上げたのは、手紙を二度読み返した後だった。

「どうしたの、ハル」

ふゆりんがのんびりとした口調で問いかけてくる。

私はふゆりんに手紙を見せ、「ここなんだけど」と気になった一文を指差した。

そうやってあなたのことを考えていると、いつの間にか先生に当てられる順番が回ってきていて、授業が始まって早々びっくりすることがあります。

「順番が回ってきていて、ってあるよね」

「そうだね」

「だとしたら――これって、英語の授業中の話なんじゃない？」

「え、どうして？　……あっ！」

ふゆりんもすぐに気づいたようだった。私たちの会話に耳を傾けていたのか、なっちゃんとアキ姉も同時に目を見開く。

「そういうことか！」

なっちゃんが勢いよく手を打った。

「数学の教師陣はランダムに当ててくる鬼教師ばっかり。それに比べて、英語の先生たちはみんな菩薩《ぼさつ》だから前から順番に当ててくれる！」

「個々の先生の性格というよりは、教科ごとの方針だと思いますけどね」

アキ姉が指摘したけれど、当のなっちゃんはまったく聞いていないようだった。

「素晴らしいひらめきをありがとう、ハル！」

「いえいえ、たまたま思いついただけだから」と謙遜しつつも、褒められて悪い気はしない。

「そうとなったら、さっそく検証だ！」

「検証って、何をするつもりですか」

「八組でリーディングの授業を受けている人を見つけて、問い詰めるんだよ。アキ姉の席にいつも座ってる男子は誰か」

「選択授業は自由席ですよ。毎回違う席に座る人もいるでしょうし、全員の席順なんて覚えていられないと思います」

「ちなみに、アキ姉の席はどこ？」

「窓際から二番目の列の、前から三番目です」

「うわ、微妙な場所……」

なっちゃんが額に手をやった。その位置だと、確かに誰も覚えていないかもしれない。ただでさえ、選択授業の科目は三つもあるのだ。私だったら、絶対に思い出せる自信がない。

「だったら、直接見にいってみればいいんじゃないかなあ」

ふゆりんが口元に人差し指を当て、天井を見上げた。

「今日の四時間目、私は数学だったけど、明日の四時間目にも同じ授業があるよ。ね、ハル」

「あ……そうだね！　ほぼ毎日、四時間目は数学だもんね」

私とふゆりんは、実は数学のクラスが一緒だ。平凡すぎる上に友達の少ない私と、華やかで人目を引くふゆりんが教室内で言葉を交わすと、周りから恐ろしいほど視線が集中する。私がもし男子だったら、今ごろ恨みを買いすぎて最低三回くらいは呪い殺されていたに違いない。

「ってことは、八組ではそのときリーディングの授業が行われるのか。チャンスは案外すぐに訪れるわけだな。よし、明日の三時間目が終わったら、全員八組前にダッシュで集合！ ラブレターの主を突き止めるぞ！」

なっちゃんが拳を高く突き上げた。ふゆりんがそれに続き、私も控えめに手を挙げる。アキ姉は目をつむり、幾分緊張したような様子で、首を縦に振った。

案外簡単に答えに辿りついたことに、このときは安堵していた。だけど――世の中、そう上手くいくことばかりではないようだ。

＊

翌日の三時間目は、現代文だった。

シャーペンを持ったままうつらうつらしていた私は、授業終わりのチャイムでようやく飛び起きた。ノートが半分以上白紙であることに焦り、慌てて黒板の文字を写そうとしたけれど、その瞬間になっちゃんとの約束を思い出す。

弾かれたように席を立った私を、隣に座っている美里が驚いた顔で見上げた。

「ハル、どうした？　トイレ？」

「ううん、ちょっと！　美里ごめん、後でノート見せて！」

現代文の教科書とノートを机の中に突っ込み、代わりに数学の授業に必要なものを取り出した。筆箱をひっつかみ、教室の外へと駆け出す。

「東風さん、廊下は走らない〜」

後ろから現代文教師の間延びした声が聞こえた気がしたけれど、今は無視することにした。

八組の教室までは、二組の私が一番遠い。

私が到着したときには、すでになっちゃんとふゆりんが仲良く廊下に並んでいた。教室を覗き込むと、八組はちょうど授業が終わったところのようだった。窓際から二列目、前から三番目の席で、アキ姉が世界史の教科書を片付けている。

「楽しみだなあ。あの手紙を書いたの、どういう人なんだろう」

ふゆりんが満面の笑みを浮かべている。その横で「早く問い詰めたいな」とニヤニヤしているなっちゃんは、少し怖い。

「こらこら、三人とも怪しいですよ。もっと自然に振る舞ってください」

しばらくして、物理の教科書を抱えたアキ姉が教室から出てきた。さっそくクレームを入れられ、ドアの横に張りついていた私たち三人はしずしずと後ろへ下がる。

十分間の休憩時間は、思った以上に長かった。時間ギリギリを狙って移動する生徒がほとんどだから、八組の教室にたむろする面子はなかなか入れ替わらない。

早く来い、来い。

ターゲットの男子生徒があまり遅く来るようだと、こっちが次の授業に遅刻してしまう。

胸をドキドキさせながら、私たちはその瞬間を待った。

そして──四時間目開始まで、三分を切った頃。

「おい……ちょっと待てよ！」

なっちゃんが大声を上げ、廊下側の席に座っていた女子グループが驚いてこちらを振り返った。

私やアキ姉が止めようとするのも聞かず、なっちゃんがずんずんと八組に踏み込んでいく。

さっきまでアキ姉が座っていた席に到達したなっちゃんは、そこに座って英語の教科書を広げていた生徒に話しかけた。

「訊きたいことがあるんだけど」

「え、何？」

相手の生徒は困惑している様子だった。私たちは恐る恐る、その会話を見守る。

「君、いつもここに座ってる？」

「うん。だいたいは」

「昨日もこの席だった？」

「そうだったと思うけど」

「机に変なものを入れたりしてないよね？」

「変なもの？」

相手は目を瞬いている。それから、首を左右に振った。

「何のこと？　全然分からないんだけど」

「そうか。ありがとう」

なっちゃんがその場を立ち去ろうとした。すると、その隣と斜め後ろの席――窓際に縦に並んで座っていた男子生徒二人が、「おーい、葛西」「いったいどうした？」と声をかけてきた。

その姿を見て、あ、と私も声を漏らす。剣道部の田中くんと、庄司くんだ。

「ああ、ちょっとね。アキ姉の席に座ってた人に、用があって」

「そこ、長南さんの席なんだ。知らなかった」

田中くんが隣の席を覗き込んだ。その後ろで、庄司くんが「大丈夫?」と首を傾げる。

「もしや、移動教室中に、机の中に置いておいたものが盗《と》られたとか?」

庄司くんの心配そうな言葉に、先ほどなっちゃんが問い詰めていた生徒が、斜め後ろを振り返って反論した。

「はあ? そんなこと、私がするわけないでしょ」

「三上《みかみ》さんを疑ったわけじゃないって」

「ここの席に座った人が犯人だって言いたいんでしょう? ひどくない?」

勘違いに勘違いを重ねている庄司くんと三上さんを、なっちゃんが慌ててなだめ始めた。

そう。

アキ姉の席に座っていたのは——紛れもなく、女子生徒だったのだ。

その日の昼休み。

なっちゃんに呼び出された私たちは、お弁当を持参して屋上に集合していた。いつか千川翔と対峙《たいじ》した特別棟のほうではなく、きちんと整備されている本校舎の屋上だ。

ベンチに座り、それぞれお弁当の包みを開けた。冷凍食品と夕飯の残り物とふりかけご飯というごく一般的な私のお弁当に比べ、他の三人のお弁当にはそれぞれ個性がにじみ出ている。

なっちゃんは、大きなおにぎりが三つと、唐揚げ。

アキ姉は、お正月のおせちのような色とりどりのおかずと、ゆかりご飯。

ふゆりんは、ホットサンドと、スープジャーに入ったジャガイモのポタージュ。

改めて、これだけ多種多様な人間がよく同じ部活に入部してきたものだと、私はバラエティ豊かなお弁当を眺めながら妙に感心してしまう。

「ハール、聞いてる？　意見を求めてるんだけど」

「えっ、ごめん。何？」

「こら、ちゃんと聞いてよね」なっちゃんが右手のおにぎりを振りかざした。「あの三上さんって女子が、アキ姉へのラブレターを書いたんじゃないかって仮説を立てたんだ。どう思う？」

「じょ、女子から女子へのラブレター？」

ありえないでしょ、と即否定しそうになるのを懸命にこらえた。

なっちゃんがそういう思考に陥るのも仕方ない。この仮説は、他ならぬ彼女自身の経験をもとにしているのだ。

「うーん……あの三上さんって子の反応を見た感じだと、違う気がするけどなあ」

「やっぱそうかな」

「あ、三上さんなら違うと思うよ～」

ふゆりんがふと我に返ったように顔を上げた。今の今まで、コンクリートの床を歩いているアリを観察していたようだ。私以上に注意散漫ではないか。

「私、一年生のときにクラスが一緒だったんだ。三上さんの字は、丸くて、可愛いよ。ラブレターの字は、全然別の人が書いたんじゃないかなあ」

「ううむ、その証拠は覆せないな」

なっちゃんがため息をつく。その拍子に特大おにぎりが手から転がり落ちそうになり、私は慌てて手を伸ばした。

「一応さ、リーディングじゃなくて、数学のほうだったって可能性も考えたほうがいいかな。ハルの推理を否定するようで悪いけど」

重々しい口調で、なっちゃんが言う。

すると、アキ姉が「ああ、その件ですが」と箸を動かす手を止めた。

「数学の授業のとき、私の席を陣取っている人物を思い出したんです。移動教室から戻ったときに、幾度か見かけたことがあって」

「お、誰？」

「千川翔です」

「って――」

なっちゃんが絶句する。

千川翔。

初恋部がいろいろと尽力した結果、吹奏楽部のフルーティスト・桜庭雫と四月から付き合っている、読者モデルのモテ男だ。

「あの熱愛カップルの片割れですよ。どう考えてもありえないでしょう」

「そうだねえ。七組でも、いっつもくっついてるし」

アキ姉の見立てを、ふゆりんが裏付ける。

まあ、仮に桜庭雫のことがなかったとしても、絶対に手紙の主は千川翔でないだろう。あの男に、古風な要素は一つもない。ファッションといい、そこはかとない軽薄さといい、完全に「今風」だ。

「ああ、じゃあ誰なんだよ！」

「落ち着いてください、なっちゃん」

「心当たりは？　本当にないわけ？」

「まったくないって、何度も言ってるじゃないですか」

「やっぱり、歴史研究部の部長しか……」

「それは心当たりの範疇《はんちゅう》に入りません」

「でも、当たってみるしかない！　残る選択肢はこれしかないんだ！」

食べかけのおにぎりを手にしたまま、なっちゃんが突如立ち上がった。

「そいつの名前は？」

「……吉崎正人《よしざきまさと》、ですけど」

「オーケー。吉崎ね。分かった。確か一組って言ってたよな」

「そうですけど……何を企んでいるんですか」

「今から行って吐かせてくる！」

「ええっ、やめてください」

「なっちゃん、待って！」

「ちょっとぉ！」

三人で口々に呼び止めたけれど、なっちゃんの勢いは止まらなかった。

アキ姉が伸ばした手が、ひらりと舞ったスカートをかすめる。私たちの努力むなしく、なっちゃんは全速力で屋上を駆けていき、あっという間に階段へと消えてしまった。

「まずいよ。すぐに追いかけよう！」

私はあたふたとお弁当の蓋を閉め、ベンチから腰を上げた。アキ姉もふゆりんも、まだ半分以上中身が残っているお弁当箱やスープジャーを慌てて片付けている。

バタバタと屋上を去っていく私たちを、昼休みのひとときを楽しむ女子グループやカップルが、目を丸くして眺めていた。


私たち三人が駆けつけたときには、二年一組の教室前に、ちょっとした人だかりができていた。

あっちゃー……遅かったか。

すぐに後を追ったつもりだったけれど、なっちゃんはやはり異常に足が速い。さすが、元サッカー女子県代表だけある。

人混みを掻き分け、ようやく顔を覗かせる。輪の中では、今にも相手につかみかからんばかりの剣幕で、なっちゃんが線の細い眼鏡男子を問い詰めていた。

「アキ姉の机にラブレターを入れたでしょう？　ねえ？　どうなの？」

「え、えええっ、い、いや、僕は何も知りませんよ」

「しらばっくれない！　正直に真実を話して！」

「あ、あなたこそ、事実無根の妄想を大声で言うのはやめてください」

「差出人の名前がなくて、こっちは困ってるんだってば」

「公衆の面前でこんなことを突然言われて、ぼ、僕だって困ってます！」

歴史研究部の部長・吉崎正人とみられる眼鏡男子が、必死に応戦している。

どうやって仲裁に入ったものだろうとためらっていると、アキ姉がするりと私の脇を抜け、輪の中心に踏み込んでいった。

「吉崎くん、あらぬ疑いをかけてしまいすみません」

「お、長南さん……」

助かった、とばかりに吉崎正人が表情を和らげる。

「全部彼女の早とちりですから、今言われたことはすべて忘れてくださいね。周りで見ていた人も全員ですよ」

アキ姉の鋭い声に、吉崎正人だけでなく、取り囲んでいた傍観者の中からも、「は、はいっ」という怯えた返事の声が上がった。

その気迫に圧《お》され、野次馬《やじうま》が三々五々、教室へと帰っていく。吉崎正人も、なっちゃんを警戒して慎重に距離を取りながら、一組の教室へと姿を消した。

「何だよもう。アキ姉のために、真相をつまびらかにしてやろうと思ったのに」

「ありがとうございます。その気持ちだけいただいておきますね」

暴走したなっちゃんに対し、アキ姉が信じられないくらい大人の対応をしている。

つくづく、同じ高校二年生とは思えない。

人気《ひとけ》のなくなった廊下で、アキ姉がそっと腰に手を当て、私たちの顔を見回した。

「三人とも、ご迷惑をおかけしてすみませんでした。必死に捜してくれた中、こういうことを言い出すのは悪いんですけど――」

「やめてよ。まさか、捜査を中止してほしいとか言い出さないよね？」

ただならぬ雰囲気に、なっちゃんが顔をしかめた。

「私は、手紙を書いた男子の真剣な恋心を無駄にするのも、アキ姉がもやもやとした思いを抱えたまま終わるのも嫌だよ！」

「いえ、そうではなくて」

珍しく、アキ姉が表情を歪《ゆが》ませ、視線を床へと落とす。

「私の中ではすでに、手紙を書いた男子が誰かというのは、ある程度予想がついているんです」

「ええっ」私は思わず叫んでしまった。「本当に？　誰なの？」

「どうしてさっき教えてくれなかったんだよ」

「確証がないからです。まだ、私の想像の域を出ません。だからさっき、なっちゃんに改めて『心当たりは？』と訊かれたときも、安易に言い出せませんでした。本当にすみません」

「アキ姉は心配性だなあ。石橋を叩きすぎ」

なっちゃんがアキ姉の肩に腕を回し、唇の片端を上げた。

「だいたい分かってるなら、本人に突撃して確かめちゃおうぜ」

「まあ……そうしたほうがいいのかもしれませんね」

「たとえ間違ってたとしても大丈夫。私が言うんだから間違いない」

「なっちゃんに言われると、非常に説得力がありますね」

「だろ？」

さっきの一件を反省する気配もないなっちゃんと、生気を取り戻し始めた様子のアキ姉が、好戦的に視線をぶつけた。

「そうとなったら急ぎましょう。できれば昼休みのうちに片付けてしまいたいです」

アキ姉が先に立って歩き始める。ふゆりんが「どこに行くの？」と尋ねると、アキ姉はこちらを振り向き、気まずそうに微笑んだ。

「八組です」

「えっ、八組？」

「ついてきてください」

混乱しながらも、私はアキ姉の後に続いた。

行き先が八組ということは——移動教室で来ていた他のクラスの男子が手紙を書いたという最初の推理が、そもそも間違っていたのだろうか？

でも、手紙の文面を見る限り、それ以外に考えようがない気がするのだけど——。

頭の中で自問自答を繰り返しながら、廊下を歩いていく。

八組の前まで来ると、アキ姉は教室を覗き込み、「よかった、席にいました」と安心した顔をした。

手招きされ、アキ姉と一緒にぞろぞろと八組の教室に入る。

「すみれさん」

アキ姉が呼びかけた。

窓際の席に座っている、黒髪ショートボブの女子が振り向く。色白の顔をした、大人しそうな女子生徒だ。

「ちょっとお尋ねしたいんですが」

アキ姉は一瞬言葉を止め、ポケットから例の便箋を取り出した。

「この便箋を入れるのにちょうどよさそうな、空っぽの白い封筒に、心当たりはありませんか」

すみれと呼ばれた女子生徒は、黒目がちな瞳を震わせ、大きく目を見開いた。

「うん……持ってるよ」

女子生徒は机の中に手を入れた。彼女がそっと取り出したものは、便箋と同じ質の紙で作られた、白い封筒だった。

その表には、手紙の本文と同じ角ばった文字で、宛名が書いてある。

松永すみれ様

「やっぱり、そういうことだったんですね」

アキ姉が納得したように頷き、小さく息を吐いた。

その見覚えのある丁寧な文字を、私は呆然と眺めた。

「どういうこと？」

隣で、ふゆりんが声を震わせる。

当の松永《まつなが》すみれは、動揺した様子でアキ姉のことを見上げていた。こうして私たちが押しかけてきた経緯も理由も分からないのだから、その反応は当然だろう。

私だって、どうしてこうなったのか、まったく分からない。

四人の視線が集中する中、アキ姉がゆっくりと口を開いた。

「最初に手紙を読んだ時点で、ちょっとした違和感はあったんです。その正体に、私はもっと早く気づくべきでした」

「違和感……って？」

「例えばここの文章ですが、宛先が私だとすると、なんだかおかしいですよね」

アキ姉が便箋を広げ、ある一文を指差した。

なっちゃんがアキ姉の肩に手をかけ、便箋を覗き込む。私とふゆりんも、アキ姉の手元が見える位置に移動し、示された部分を読んだ。

窓から差し込む日光を全面に受けているあなたの立ち姿は、とても神々しく、そして美しく見えました。

「弱気なこと言うなよ！　アキ姉は姿勢がいいから、立ち姿は神々しいし、美しい。めちゃくちゃ当てはまるじゃないか」

なっちゃんが慌ててアキ姉を褒《ほ》め称《たた》える。私とふゆりんも力強く頷き、同意した。するとと、何が可笑《おか》しかったのか、アキ姉がぷっと噴き出した。

「違いますよ。勘違いしないでください。私が変だと言っているのは、前半部分です」

「……前半？」

窓から差し込む日光を全面に受けている——というくだりか。この文章のどこがおかしいというのだろう。

「手紙の主が恋する相手の姿を初めて見かけたのは、『今から一か月ほど前』——六月の半ば頃です。そして彼は、『先生に当てられる順番が回って』くる授業、つまり英語をこの教室で受けている。ちなみに選択授業の実施時間は偏っていて、同じ科目が四時間目にばかり集中しています」

アキ姉の言葉で、昨日ふゆりんと交わした会話を思い出した。

――今日の四時間目、私は数学だったけど、明日の四時間目にも同じ授業があるよね、ハル。

――あ……そうだね！　ほぼ毎日、四時間目は数学だもんね。

とすると、手紙を書いた彼は、それと同じ頻度で、リーディングの授業を四時間目に受けているということになる。

「彼が彼女に一目惚れしたのは、三時間目と四時間目の間の休憩中。つまり、十一時半頃ですね。そんな真っ昼間に、いったい日光がどこまで差し込むでしょうか。ましてや、時期は六月。夏至が近く、太陽の軌道が一年で最も高い頃ですよ」

あっ、と私は口を押さえた。

アキ姉の席は、窓際から二列目だ。

冬の朝や午後遅くならともかく、初夏の正午近くに、窓に一番近くもない席で『日光を全面に受け』ることができたかというと――。

「この手紙が私に宛てられたものだと仮定すると、同じ理由で、この文章にも違和感が出てきますね」

アキ姉がさらに、別の箇所を次々と指差した。

この席から外を見るのが、私はとても好きです。あなたも同じ場所から、校庭で体育をしている生徒たちを観察していたのかと思うと、なんとなくくすぐったい気持ちになるからです。

そうやってあなたのことを考えていると、いつの間にか先生に当てられる順番が回ってきていて、授業が始まって早々びっくりすることがあります。おかげで、何度も周りの生徒に笑われてしまいました。自業自得ですね。


「……そっか！」

アキ姉の真意に気づいて、私はぽんと手を打った。

「この教室は二階だから——さすがに一番窓際の席じゃないと、『校庭で体育をしている生徒たちを観察』するのは難しいね」

「ええ。生徒たちの位置によっては見えないことはないかもしれませんが、わざわざ二列目から見ようとするのはかなり不自然だと思います」

「それに、先生に当てられる順番が『授業が始まって早々』に回ってくるのも、窓際の列だからだ！」

私はさらに興奮して、松永すみれの席を指差した。

「英語の先生は最前列の端から指していくから、松永さんの席だと三番目。その点、アキ姉の席だと十番目くらいで、『早々』って感じじゃないもんね」

「ご名答。そのとおりです。ハルは頭が切れますね」

私はでへへと笑って頭を掻いた。人に褒められるなんてことはめったにない私にとって、優等生のアキ姉に称賛されるのは、なんだかとても照れ臭い。

「でも、待ってよ」

なっちゃんが不服そうに口を挟んだ。

「この手紙の宛先がアキ姉じゃないなんて、絶対におかしいって」

「どうしてですか」

「ここだよ」

アキ姉が持っていた便箋をなっちゃんが取り上げ、ある段落を指差した。

教室を覗き込んだ私は、ふと心を惹かれたのです。あなたはちょうど先生に当てられて、難しい古典の問題にすらすらと答えているところでした。

「古典ってことは、島本の授業だよね？　あの重箱の隅をつつくような鬼質問にすらすら答えられるような生徒が、アキ姉以外にいるわけがない！」

なっちゃんは自信満々の様子だった。けれど、アキ姉は「ああ」と冷静に頷き、椅子に座っている松永すみれに向かって手を差し出した。

「昨日、言ったでしょう。私が普段から仲良くしている生徒の一人に、かるた競技部の部長がいると」

「うん、言ってたね」

「彼女なんです」

「へ？」

「すみれさんが、かるた競技部の部長なんですよ」

「えええええっ」

かるた競技部の部長。

百人一首をすべて暗記し、札をひたすら取り合う練習に日々励む部活の、上位実力者。

そりゃ、古典が得意なわけだ。

そして――古風な手紙が似合うわけだ。

「もしかして、あれか。アキ姉が島本のあの質問を嫌がらせと感じたことがないって言ってたのは――八組の古典レベルが二人のせいで爆上がりしてるから？」

なっちゃんがふと呟く。その言葉を聞いて、私は恐ろしさに震え上がった。

「よかったあ、この二人と違うクラスで」

思わず独り言を漏らすと、「失礼な」とアキ姉に軽く睨まれた。

「あの……ごめんね、ちょっといいかな？」

ずっと黙っていた松永すみれが、おずおずと手を挙げた。

「封筒の中身を、どうしてアキ姉が持ってたの？」

「おそらく――差出人の男子が、とても焦っていたのだと思います」

アキ姉は松永すみれへと視線を向け、落ち着いた声で答えた。

「誰かに見られそうになったか、それとも授業がいつの間にか終わりに差しかかっていたのかは分かりませんが――とにかく、なんとか最後まで書き終わった便箋を急いで封筒に入れ、すみれさんの机の中に入れたつもりだったんでしょう。しかし、実は便箋は封筒の中にきちんと入っていなかった。差出人が立ち去った後、便箋だけが、ひらひらと床に落ちてしまったんです」

「わあ、悲しいねえ」

差出人の男子に同情したのか、ふゆりんが顔を曇らせた。

「折りたたまれたその紙は、すみれさんの隣の席、つまり私の席の下に落ちた。それを誰かが拾って、私のものだと勘違いして机の中に入れたのに違いありません。そのせいで、すみれさんは封筒だけ、私は中身の便箋だけを手にするというおかしな状況が生まれてしまったのです」

「そんな」

私は顔をしかめる。

だって――松永さんもだけれど、これではアキ姉があまりにかわいそうじゃないか。ラブレターがアキ姉宛てだと思い込み、なっちゃんやふゆりんとともにさんざん場を盛り上げてしまったことを、私は今さらのように反省した。宛名や差出人の名前が書かれていない手紙だったのだから、最初からもう少し慎重に扱うべきだったのだ。

「ということで、すみれさん、これはお返ししますね」

アキ姉が便箋を差し出した。松永すみれが、おっかなびっくりといった様子でその白い紙を押しいただく。彼女は便箋を広げ、さっそく中身を読み始めた。

松永すみれの色白の頰が、どんどん赤く染まっていく。「えっ、嘘っ」と彼女は時おり動揺したように呟いた。

「あっ、そうだ」

肝心なことを忘れていた——と、私は松永すみれに問いかける。

「手紙の差出人って、結局誰だったの？」

「いやいやハル、もうそれは明白すぎるくらい明白でしょ。さっきここで何を見てたわけ？」

松永すみれが答える前に、なっちゃんが呆れたように肩をすくめた。

「さっき……八組で……英語……あっ！」

「ようやく気づいたか」

なっちゃんがニヤニヤと笑う。

松永すみれの机の上に載っていた封筒を、私はぱっと取り上げた。ひっくり返すと、私が想像していたとおりの名前が、丁寧な右上がりの字で書かれていた。

田中健太より

「剣道部の田中くんかあ！」

思わず大声を出してしまい、アキ姉に口を塞がれた。慌てている松永すみれを見て申し訳なくなり、私はこっそり身を縮める。

どうしてすぐに気づかなかったのだろう。

昼前に、なっちゃんが三上さんとかいう女子生徒を問い詰めていたとき、窓際の席にいた田中くんと庄司くんが会話に加わっていたではないか。そのとき三上さんの隣に座っていたのは、落ち着いていて礼儀正しくて精神年齢の高い、あの剣道部部長の彼だった。

それならすべてに納得がいく。

字が丁寧なことも、文章がしっかりしていることも。

わざわざ縦書きという古風なスタイルを選んだことも、この松永すみれという女子生徒を好きになったことも。

あの田中くんが授業中に内職していたということだけ、ちょっと意外だった。

でも、大好きな女の子に渡す手紙だからこそ、彼女がいつも座っている席で言葉を綴《つづ》りたかったのかもしれない。

「よかったですね、すみれさん。最近、剣道部の田中くんに廊下で話しかけられることがあるって、喜んでましたもんね」

アキ姉が、周りで談笑している八組の生徒に聞かれないよう、松永すみれの耳元で囁《ささや》いた。

今や、松永すみれは首元まで赤くなっていた。

「お幸せにね」

アキ姉のいつになく優しい声が、強く、耳に残った。

＊

その翌日の、放課後のこと。

二年二組の黒板の前では、アキ姉が大演説を繰り広げていた。

「平安時代の貴族の恋愛というのは、現代よりずっとシンプルなものでした。女性は家から出ることなく、男性から送られた手紙や歌のセンスで相手を見極め、気に入れば文通を始めます。その後、男性が三日連続で通ってきたら結婚が成立します」

アキ姉がチョークを持ち、『和歌↓恋の芽生え↓文通↓結婚』という謎の図式を書いた。

「この方法が大変素晴らしい理由の一つに、外見という先入観に一切とらわれることなく、まず相手の本質を知ることができるという点があります。字の丁寧さ、言葉の選び方、行間に漂わせる想《おも》い——それらを受け止め、自らも心を込めて言葉を綴ることで、男女が愛を深めていくのです」

聴衆は三人。なっちゃん、ふゆりん、それから私だ。

アキ姉の独壇場の中、隣に座っているなっちゃんがこそこそと囁いてきた。

「今日さ、いつにも増して気合い入ってない？」

「ね。初恋部というか、古典研究部みたいになってる……」

「目眩《めまい》がしてくるぜ」

なっちゃんが目元に手を当てる。反対側の隣に座るふゆりんが、教壇のアキ姉を心配そうに見やり、私の耳に口を寄せた。

「そういえば、田中くんと松永すみれさんだけどね、無事に付き合い始めたって聞いたよ」

「あっ、そうなんだ」

剣道部部長とかるた競技部部長。何ともお似合いのカップルではないか。

とはいえ、また初恋部の活動により新たな一組を誕生させてしまったのかと思うと、ため息をつきたくなる。

「アキ姉、やっぱりショックだったのかなあ」

「え？」

「今日のこの感じ……悲しかった気持ちを、アキ姉なりに発散してるのかもしれないよ」

　ふゆりんは心根が優しい。鈍感な私が気づかないようなことも、すぐに感じ取って、癒《いや》そうとしてくれる。

　アキ姉がショックを受けるのも、無理はない。

　誰だって、自分宛てだと思っていたラブレターが実は他人宛てだったら、残念な気持ちになるだろう。差出人のことが気になっていたならもちろん、まったく好きではなかったとしても――ちょっとくらいは。

「ねえ！　アキ姉！」

　いても立ってもいられなくなって、私は勢いよく立ち上がった。

　平安時代の恋愛事情について一方的な解説を続けていたアキ姉が、「え？」とこちらを振り返る。

「講義の途中なのにごめんね。でも、どうしても気になっちゃって」

「何がですか」

「アキ姉さ……昨日のこと、気に病んでる?」

「気に病む?」

アキ姉はチョークを置き、鼻の頭にしわを寄せた。

「そんなわけないじゃないですか。私は田中くんに恋していたわけでもないですし、そもそもラブレターが本当に自分に宛てられたものかどうかも疑わしく思っていたんですよ」

「強がらなくてもいいんだよ、アキ姉」

と、今度はなっちゃんが優しく声をかける。すると、アキ姉が余計に表情を険しくした。

「そうやって決めつけるのはよしてください。今回の一件には、私はむしろ深く感謝しているんです。自分という人間の根底にある美的感覚に気づくことができたわけですから」

「ん? どういうこと?」

「あの手紙を見て、思ったんですよ。やはり、ボールペンより筆。現代語より古語なのだと」

「……へ?」

「田中くんの手紙も、悪くはなかったんですよ。だけど、今一つ、私にはピンと来ませんでした。今回の一件を通じて、その理由が明白になったんです。――つまり、『もののあはれ』という言葉に代表されるあの独特の情趣を、現代語では到底醸し出すことができないんですよ。私の心の琴線に触れる表現は、古語からしか生まれないんです。だから私は古典を愛し、歴史を尊《たっと》ぶのです」

これは、古典の授業か何かだろうか。

アキ姉は、高校生を今すぐにでもやめて、研究者になったほうがいいのではなかろうか。

「私がなぜ古典や歴史を好むのか。その自己理解に繋がったという点で、田中くんには感謝してもしきれません」

「ええっと……本当に、大丈夫？」

ふゆりんが戸惑いの残る口調で尋ねた。

「だってアキ姉、あの手紙の文章を褒めていたでしょう。今の高校生が書いたものとは思えないとか、ラブレターも古典の定義に含めてもいいのかもしれない、とか。素敵だな、って思ってたんじゃない？」

「そ、それは――」

痛い指摘だったのか、アキ姉が初めて言葉に詰まった。

私たち三人が見守る中、アキ姉はふうと息を吐いた。それから、気まずそうにそっぽを向く。

「まあ、昭和の時代の遺物と勘違いしたくらいですからね。現代の男子にしては、いい心意気だとは思いましたよ。現代の男子にしては、ですけど」

その言葉を聞いて、私は思わず口元を緩めた。

なーんだ。

やっぱり、ちょっと残念がってるじゃないか。

アキ姉も血が通った人間なのだなあ——と、当たり前のことを嬉しく思いながら、私は教壇に駆け上がった。アキ姉の黒髪ロングヘアに手を伸ばし、ペットを愛《め》でるようにわしゃわしゃと撫でる。

「よしよしアキ姉、またチャンスはあるよ！」

「こら、何のつもりですか。やめなさい」

「でも、寂しいなあ。これって、アキ姉の好きな男性のタイプがとうとう判明したってことでもあるんだもんね」

「は？」

「だって、いつかアキ姉の目の前に『もののあはれ』を巧みに操る短歌男子が現れたら、生まれて初めての恋が芽生えちゃうかもしれないわけでしょ。そしたら初恋部引退だよ。寂しいよ」

「そんなことは起こりえません。私の本命は凡河内躬恒《おおしこうちのみつね》だけです」

「……誰それ？」

「平安時代の三十六歌仙のうちの一人ですよ」

「ああ、そんな名前だったかも！」

「私が最も愛する歴史上の人物なんですから、名前くらい覚えてくださいよ。何なら、今からもう一度解説しましょうか」

「それだけは勘弁っ」

私は耳を塞ぎ、教壇から逃げた。なっちゃんやふゆりんまでも、一緒になって教室の後ろまで駆け出す。

「ああもう、冗談ですよ。三人とも戻ってきてください。私が悪かったです。古典の話はいったん封印しますから、全員で夏休みの活動方針を話し合いましょう。ね？」

ほのかに顔を上気させたアキ姉が、教壇を降りて私たちを追いかけてきた。なっちゃんが「鬼ごっこだ！」と駆け出し、私とふゆりんも歓声を上げる。

冷房の効いた教室の空気は、今が七月だということを容易に忘れさせる。
首筋が汗ばむまで、私たちは教室中を走り回った。

4時間目

嗅ぎ分け恋

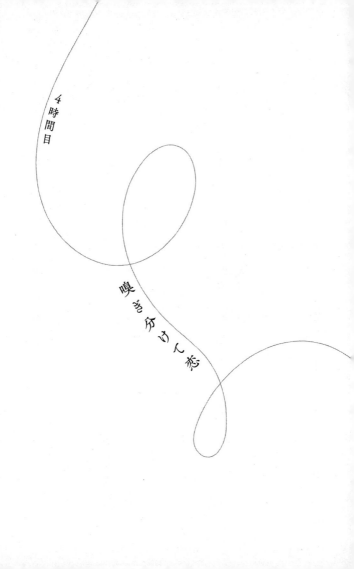

『講演テーマ：恋の相手は生物学的に見極めよ』

なっちゃんが黒板に書いた綺麗な字を、ぼうっと見つめる。

ああ、いけない、いけない。

人の話を長時間聴き続けるのが、私はとても苦手だ。さっきだって、ふと気がつくと、窓の外に広がるもくもくとした入道雲や、そのすぐそばを通過する灰色の飛行機に目を奪われていた。

冷房がしっかり効いている教室がいくら心地いいからって、あまりにもよそ見していたら、講師に怒られてしまう。

今日は、初恋部の夏休み特別イベント。

私たち四人が全会一致でその実力を認めた外部講師を招き、恋愛のコツを余すことなく教えてもらうという、とても有意義な――はずの、一日なのだ。

『特別講師：恋愛マスター　桜庭雫』

緩くウェーブしたセミロングの黒髪。すらりとした手足。アイメイクを施した、ぱっちりとした目。

吹奏楽部のフルーティストである桜庭雫とこうしてじっくり顔を合わせるのは、約四か月ぶりのことだった。

「あのね、恋っていうのはものすごく単純なものなんです。深く考える必要なんてない。恐れずに、自分の気持ちに正直になってみてください」

なっちゃんが勝手につけた恋愛マスターという二つ名を嫌がっていたわりに、教壇に立つ彼女はノリノリで喋り続けている。

「恋をするかどうかの判断基準は、ただ一つです。相手からイイ匂いがするか、しないか。ただそれだけ。ね、簡単でしょう？」

この三十分間、桜庭雫が何度も繰り返している主張が、これだった。

――恋の相手は、匂いで判別せよ。

「思春期になるとお父さんの匂いが嫌いになる女子が多いですよね。あれは、父と娘というのは、遺伝子的に近すぎるからなんです。人間はね、遺伝子的に遠いか近いか、つまり男女としての相性がいいか悪いかを、本能的に、一瞬で判断できるようになってるの。だから、初恋部の皆さんも、恋を難しく捉えないでください。単純に、相手の男からイイ匂いがするかどうか。それだけなんだから！」

「科学的にも証明されていることですね。人間の血液にはHLAという白血球のパターンが含まれていて、そのパターンが異なる相手の匂いに惹かれる傾向がある、と」

真面目にノートをとっているアキ姉が口を挟む。一見ぶっ飛んでいるように聞こえる桜庭雫の主張も、アキ姉が補足するとちゃんとした理論のように思えてくるから恐ろしい。

「すごいよ、すごい！　恋って、実はとっても簡単なことだったんだねえ～」

ふゆりんが目を輝かせ、パチパチと手を叩いた。何に感銘を受けたのかは分からないけれど、ふゆりんはさっきから一番熱心に講演に聴き入っている。

「勉強になるねえ～。恋愛経験豊富な雫ちゃんを招いて、よかったねえ」

「豊富って言うのはやめてよ。私が今まで付き合ってきたのって、せいぜい五人くらいのもんだよ」

「五人！」私は思わず目を見張った。「十分多いよ！」

「まあ、そりゃゼロよりはね」

桜庭雫が呆れ顔をする。交際どころか初恋の経験さえない高二女子が四人も目の前に揃っていること自体、彼女からすればにわかに信じられないのだろう。

それにしても、そんな彼女の主張内容には驚いた。てっきり、男を落とすための具体的なテクニックとか、効果的な告白の仕方とか、そういうことを語ってくれると思っていたのに。

匂い、か――。

「でもさぁ、雫が言ってることって、ちょっと夢がないよね」

なっちゃんが机に頬杖をつき、思案げに呟いた。

「遺伝子レベルで相性が決まるってのは、要は子孫繁栄のためでしょ？　世の中にはこれだけいろんなラブストーリーや恋愛ソングがあふれてるのに、結局は生殖がすべてなんて、悲しくなるな」

「そんなふうに考えるから、いつまでも恋ができないんじゃないの？」

恋愛マスター・桜庭雫は、冷酷にもなっちゃんの意見をばっさりと切り捨てた。

「もう少しシンプルに捉えてみてよ。これは一種の運命なんだよ」

「運命？」

「仕組みがどうであれ、彼氏からイイ匂いがしたらそれだけで癒されるでしょう。逆に嫌な匂いがしたら、いくら顔がかっこよくてもずっと一緒にいるのはきついよね」

「それはそうだけどさ」

「恋愛において一番大事なのはね、ハグと、、、キスだよ」

「は、ハグと、キスぅ？」

桜庭雫の口から唐突に飛び出した言葉に、私は素っ頓狂な声を上げた。

その単語を聞くだけで、なんだかそわそわしてしまう。ハグなんて両親や友達としかしたことがないし、キスに至ってはまったくの未経験だ。

「常識的に考えて、ハグやキスをしない関係の恋人なんて、ありえないでしょう。ハグをしたいから恋をする。キスをしたいから付き合う。恋愛ってそういうものだと思うの」

「へ、へえ」

「そのハグやキスの気持ちよさを左右するのが、相手の匂い、というわけ」

桜庭雫は堂々と言い放った。

「抱きついたときや、抱きしめられたときに、無条件に安心できるかどうか。キスをしたときに、脳内に快感があふれるかどうか。胸や唇の感触も少しは関係あるかもしれないけど、一番大きく影響する要素はね、やっぱり匂いだよ」

「そう……なのかな」

「だって、キスをするたびに気まずい雰囲気になるような彼氏と、仲良く付き合っていけるはずがないでしょう？　そういう相手とは長く続かないよ。私はそうだった」

「あ、あの、えっと……キスって、高校生同士でもするものなの？」

私が動揺して尋ねると、桜庭雫は「やってる子は小学生からやってるよ」と呆れたように答えた。

「嘘だぁ」

「ホントだってば」

「じゃあ、雫さんの初キスはいつ？」

「小一」

やっぱりこの人は正真正銘の恋愛マスターだ、と私は確信する。

「雫さんの主張には一理ありますね」

アキ姉が感心したように腕組みをして、頷いた。

「かの有名な映画『バック・トゥ・ザ・フューチャー』にも、そういうシーンが出てきます。時間を遡った主人公の男性は、若かりし頃の母親に思いを寄せられてしまう。何も知らない母親が彼とキスをしたとき、驚いたように言うのです。『あなたとのキスは、まるで……弟としているような感じだわ』と」

「そういうこと。いくら見た目や性格がよくても、一回キスをしてしまえば百年の恋も冷めるってわけ。逆に言えば、キスをすることで運命の相手だと分かる場合もある。

人間の本能を侮っちゃいけないね」

「キスって、そんなにいろんなことが分かるんだ！　でも、付き合ってもいない人に、いきなりキスするわけにはいかないよねえ～」

ふゆりんが唇に人差し指を当て、講師の桜庭雫を見やる。

それはそうだ。ふゆりんがところかまわずキスをし始めたら、学年中の男子が卒倒してしまう。

「だから匂いを嗅ぐのが大事、ってこと。それだけなら、ちょっと近づけばすぐに分かるでしょう」

「わあ、本当だねえ。雫ちゃん、素敵なアドバイスをありがとう！」

「いえいえ、別に。記念すべき第一回講演がこんなんでよかったのか、ちょっと不安だけど」

「ううん、全然大丈夫だよ。すごく参考になったよ」

「ちなみに」となっちゃんが割って入る。「今の彼氏――千川翔に恋をしたきっかけも、匂いだったわけ？」

「うん、そう」

桜庭雫はあっさりと答えた。

「どんな匂いがするの？」

「言葉で表すのは難しいなあ。ミルクっぽいというか、サツマイモっぽいというか」

「ミルク？　サツマイモ？」

さっぱり理解できない。少なくとも、私が特別棟の屋上で千川翔と会話をしたときには、そんな匂いはしなかった。

それは、私と千川翔の遺伝的相性がよくなかったからなのだろうか。もしくは、単に私の嗅覚が鈍感なのか。

「いやあ、分かんないな。男子の匂いなんて意識して嗅いだことないもん。体育の後の汗臭さくらいしか感じたことないよ」

なっちゃんも半信半疑のようだ。

一方、アキ姉とふゆりんは、桜庭雫の講演から一定の影響を受けたようだった。特にふゆりんは、まるで神でも崇《あが》めるかのように、両手を組み合わせて教壇の桜庭雫を見上げている。

「私、ちょっと試してみようかなあ～」

しばらくして、ふゆりんが口元に愉しげな笑みを浮かべ、椅子から立ち上がった。スキップしながら教室の出入り口へと向かうふゆりんに、「え、何を？」となっちゃんが慌てて声をかける。

「男の子たちの匂い、嗅ぎにいってくる！」

「ちょ、ふゆりん！　待てってば！」

「それはさすがに早計ですよ」

なっちゃんとアキ姉が急いで席を立ち、後を追いかけた。

――大変だ。

桜庭雫のおかしな入れ知恵のせいで、ふゆりんが暴走し始めたじゃないか！

「責任取ってよね！」

私は教壇に上り、目を白黒させている桜庭雫の手を握った。そして、彼女を引っ張り、全速力で廊下へと駆け出した。

夏休み後半の初恋部の活動場所は、二年一組近くの空き教室へと移っていた。九月に行われる体育祭に向けて準備をするため、四六時中生徒たちが出入りしていて、自分たちの教室が使えないせいだ。

ふゆりんの姿は、一組前の廊下にあった。さっそく、段ボールに色を塗っている男子たちに襲いかかっている。

「こんにちはっ」

鈴を転がすような声で無邪気に声をかけ、そっと男子の肩に触れる。

「えっ、ほっ、北海さん？」

もちろん、触られたほうの男子は目を丸くして跳び上がる。学年一の美貌を持つと名高い北海芙由子に顔を近づけられ、赤面しない男子は一人もいない。

相手が振り向くと同時に、彼女は鼻から大きく息を吸い込む。

匂いを嗅がれた男子は、何が起きたのかも分からず、ぽかんと目の前の美少女を見つめている。

ああ――そんな変態的な行為が、ふゆりんの手にかかると恋愛映画の一シーンに見えてくるのだから、まったく……可愛いは正義だ。

「うーん、どうかなあ。ミルクではないかなあ。お漬物？　大根おろし？」

向こうからしたら意味不明な言葉を呟きながら、ふゆりんは次なるターゲットを見つけに、どんどん廊下を進んでいった。

もちろんその間、私たちは必死で声をかけた。

「ふゆりん、思いとどまって！」

「さすがにやばいって」

「男子の気持ちを無闇に弄ぶのは得策ではありませんよ」

「匂いが大事だとは言ったけど、まさかそこまでやるなんて……」

だけど、ふゆりんはまったく意に介さない。「汗の臭いがしたな~」「絵の具の臭いも強いな~」などと残念そうに唇を尖らせながら、また次の男子のもとへと歩いていく。

汗や絵の具の臭いばかりがするのは当然のことだ。今は残暑厳しい八月下旬であり、体育祭準備シーズン真っただ中なのだから。

「こーんにちはっ」

「ええっ、北海さん！」

「ちょっといいかな~？」

「わっ、お、俺、何かついてた？」

とまあ、その後もふゆりんの変態的行為の被害者は増え続けてしまった。

……なんという魔性の女だ。

しかも、本人は無自覚ときている。

結局、私たちの努力は功を奏さず、ふゆりんは一組から六組までの男子を次々と虜にしながら廊下を突き進んでいった。

私たちがようやく安堵のため息をついたのは、ふゆりんが七組の教室に吸い込まれていったのを見届けたときだった。ふゆりんのクラスメートなら、彼女の天然で意味不明な行動も、少しは理解してくれるだろう。

桜庭雫を含む私たち四人は、恐る恐る教室の中を覗き込み、ふゆりんの動向を目で追った。どうやら、垂れ幕を作っている男子や、ダンスの練習をしている男子に、積極的に顔を近づけては匂いを確認しているようだ。

なんだか心配になる。そのうち、匂いだけでは飽き足らなくなって、唇にキスでも始めるのではないか……。

「おいおい、どうした。うちのクラスを偵察にきたのか？」

不意に、後ろから声をかけられた。振り返った先に立っていたのは、七組担任の泉《いずみ》先生だった。ツンツンとした短い黒髪が汗で光っている。

「と思ったら、桜庭も混じってるじゃないか。何してるんだ」

「この子たちの部活動を手伝ってたんです。そしたら、ふゆりんが突然抜け出しちゃって」

「あはは、北海は自由人だからな」

泉先生は大声で笑うと、「部活、頑張れよ」と言い残して教室に入っていってしまった。どうせならふゆりんの奇行を止めてくれればいいのに、そのまま七組の生徒たちへの声かけを始めてしまう。

「ああもう、連れ戻してくる!」

「私も行きます」

しびれを切らした様子のなっちゃんとアキ姉が、誰の許可も取らずに七組の教室へと踏み込んでいった。

すぐに戻ってくるかと思いきや、事態はそう簡単に進展しないようだった。「帰るよ」「行きましょう」と声をかける二人を、ふゆりんはのらりくらりとかわし、教室にいる男子の匂いを嗅ぎ続けている。

さすがのなっちゃんも、可憐《かれん》で愛らしいふゆりんを力ずくで連れ戻すのは憚《はばか》られるようだった。腕をつかむことも、袖を引っ張ることもせず、ふゆりんの奇怪すぎる行動を焦った顔で見守っている。

私はいいかげん暇になってしまって、七組の教室を観察し始めた。垂れ幕を描く一団。繰り返しダンスを練習している一団。ミシンで衣装を縫っている一団。みんなで飲むためのお茶を入れたウォータージャグを運んでいる一団。

目を引くのは、彼らの半分ほどが着ているショッキングピンクのTシャツだった。

前面には、形を崩した大きなハートマークと、『2－7』というお洒落《しゃれ》な白抜きの文字。背中には、『Ready to Go!』というスローガンらしきものが、筆記体でプリントされている。

「あのTシャツ、クラスで作ったの？　可愛いね」

隣に立っている桜庭雫に話しかけると、「ありがとう」という嬉しそうな声が返ってきた。

「あれ、私がデザインしたんだ」

「え、そうなの？」

「ほら、これが下書き」

桜庭雫は肩に下げていた鞄から手帳を取り出し、その一ページを開いて見せてくれた。なるほど、そこには大きなハートマークと『2－7』の文字が書かれている。シンプルなデザインだけれど、意図的に線を歪ませたり幅を変えたりしているあたり、センスがある人間にしか描けないものだということがよく分かる。

そのデザインもさることながら、同じページの下部に書かれた数字が気になった。

『3－15－7－13』とある。

サイコーな、遺産？

何かの暗号かと思い、暇に任せてとりあえず語呂合わせをしてみた。でも、意味が分からない。首を捻っていると、桜庭雫が「何見てんの」と手帳を覗き込んだ。

「ああ、これはTシャツの注文数だよ。他の人がまとめてくれたサイズ別の枚数を、発注用にささっと書き写したんだ」

「なーんだ」

暗号でも何でもなかった。クラスTシャツのデザインに何らかの秘密が隠されているとか、そういう展開だったら面白かったのに。

「桜庭、呼んだ？　Tシャツがどうしたって？」

近くでダンスの練習をしていた金髪の男子が、急にこちらに寄ってきた。桜庭雫が「ううん」と首を左右に振る。

「彼女がね、うちのクラスTシャツが可愛いって」

「へえ、それは光栄だな」

「デザインしたのは私だけどね。一応、Tシャツ作成担当は星野《ほしの》くんと私の二人でやってたの」

桜庭雫が、部外者の私に対して丁寧に説明してくれる。私は星野くんという金髪の男子に向かって、ぺこりと頭を下げた。髪の色はちょっと怖いけれど、人懐こそうな顔をしている。

「でも、色をショッキングピンクにしようって提案したのは俺だろ。おかげでこんな目立つTシャツになったんだから、そこは評価してもらわないと」

「はいはい、分かってるってば」

「くそぉ、桜庭は冷たいなあ」

「私は誰にでも優しいよ」

「千川にだけだろぉ」

二人の会話に、思わず噴き出しそうになる。千川翔と桜庭雫というアツアツカップルは、七組ではすっかり公認の存在になっているようだ。

「そういえば、千川くんは来てないの？」

「塾の夏期講習って言ってたかな。今日は夕方にクラス全員でのダンス練習があるから、しばらくしたら来ると思うけど」

そう淡々と語る桜庭雫の様子に、私はちょっとだけ違和感を覚えた。

千川翔と——仲良く、してるのかな？

どうしてそんなことを思ったのかは分からない。

だけど、その予感が当たらずといえども遠からずだったことが、それからすぐに、発覚したのだった。

ようやくふゆりんの説得に成功し、私たちは空き教室へと戻った。

「ごめんね雫さん、ご迷惑おかけして。せっかく講演しにきてくれたのに、ぐだぐだになっちゃって」

本当は講演の後、質疑応答タイムを設けるつもりだったのだ。感想を紙に書いて、講師の桜庭雫に渡そうとも計画していた。

それなのに、とんだ失態だ。

ペコペコと謝る私に、「ふゆりんのマイペースっぷりには慣れてるから」と桜庭雫は苦笑した。そうだよね、初恋部でもこうなんだから、七組の人たちだって日々振り回されてるよね――と、私は全力で頷き返す。

「でもねえ〜、残念。嗅いだ中にはね、一人もいなかったよ。イイ匂いがする、恋のお相手」

ふゆりんが悲しげに眉を寄せた。

いやいや。

あれだけ思わせぶりな態度をされて、匂いがしないのなんのと批評される男子のほうが、よっぽど残念だろう。

「一組か二組あたりにさ、漬物の匂いがする男子がいたって言ってたじゃん。そいつでいいんじゃない？」

なっちゃんがまた適当なことを言う。

「ええっ、どうかな。私、お漬物よりは、ピクルスのほうが好きだなあ」

「ふゆりんは洋食派ですものね。朝ごはんはドーナツ、昼ごはんはサンドイッチ」

「晩ごはんにはお豆腐やひじきを食べることもあるけどね〜」

「こらこら、漬物は美味《うま》いぞ。私は、沢庵《たくあん》があればご飯何杯でもいける」

「私も、ピクルスがあればご飯たくさん食べられるよ〜」

「嘘つけ！」

「いいことを思いつきました。漬物好きのなっちゃんが、さっきの男子に恋をすればいいのではないでしょうか」

「私が嗅いだところで同じ匂いがするとは限らないって」

「ピクルスの匂いがする男の子はいないかな〜」

私を除く初恋部三人の会話が、理解不能な方向に進んでいる。

その様子を呆気に取られた顔で見つめていた桜庭雫が、不意に声を上げた。

「そうね、でも、迷惑かけられたのは事実かもしれない」

突然の宣言に、私は身を凍らせた。

恐る恐る、桜庭雫の横顔を見る。彼女は今しがた名案を思いついたかのように、顔中をほころばせていた。

桜庭雫――いったい、何を企んでる？

「せっかく夏休みの一日を潰して講演しにきたのに、ふゆりんの暴走に付き合わされて、さっきまでてんてこまいだったもんね。お詫《わ》びに、何かしてもらわないとなあ」

「何か……って？」

ふふ、と桜庭雫は怪しげに笑った。

「私が愛《いと》しの人に想いを伝えられるよう、手伝ってほしいの」

「え、千川くんに？」

彼氏へのサプライズでもしたいのだろうか、と首を捻った直後、「いいえ」というもったいぶった返事が私の耳に飛び込んできた。

「じゃあ……家族？」

「ううん」

「親戚？」

「そんなわけないでしょ。同じクラスの男子よ」

「えええぇえええ！」

私となっちゃんとアキ姉が、同時に叫んだ。

ふゆりんだけは、お得意のよそ見でもしていたのか、「え、どうしたの？」と目を瞬いている。

「せ、千川くん以外の、同じクラスの男子って――浮気？」

「まあ、そうねえ。考えようによっては」

桜庭雫の飄々《ひょうひょう》とした態度に、私は頭を抱える。

「ダメだよ！　二股は！」

「二股をかけるなんて言ってないでしょ」

「千川くんと別れるつもり？　最近上手くいってないの？」

「……そういうわけじゃないけどね」

「だったらなんで！」

「翔くんよりイイ匂いがする男子を、見つけちゃったんだもの」

「うっ……」

熱のこもった講演『恋の相手は生物学的に見極めよ』を聴いた後だからこそ、言葉に詰まる。

つまりこれは、普段から本能で恋をしている彼女が、今の恋人よりも遺伝的に相性のいい男子を発見してしまった——ということなのでは？

「ミルクとかサツマイモよりイイ匂いって、どんな匂い～？」

ふゆりんがとんちんかんな質問をする。

「そうね、あえて例えるならトウモロコシかな。バターコーンみたいな」

「わあ、あれ美味しいよね～」

「じゃなくて！」

私は話の流れを無理やり引き戻した。

「そのお相手って、もしかして、さっきの星野くんじゃないの？　クラスTシャツ係を二人でやってたし、仲よさそうだったし」

「うーん、星野くんかもしれないし、そうじゃないかもしれない」

「はぐらかさないでよ！」

「ごめんごめん、からかったつもりじゃなくて。実はね、私にも分からないの。相手の男子が誰なのか」

「……へ？」

桜庭雫の不可解な発言に、私は言葉を失う。代わりにアキ姉が、「詳しくご説明いただきたいものですね」と首を傾げた。

「あれはね、今から三日前のことだった」

桜庭雫が静かに語り出した。教室の壁にそっと寄りかかり、恥ずかしそうに目を伏せている姿からは、すでに乙女オーラがだだ漏れになっている。

「体育祭の日にね、各クラスとも、ベニヤ板を四枚合わせた絵を校庭に展示するでしょ」

「あ！　バックパネルだよね。雫ちゃん、担当だもんね。私も去年、クラス代表で描いたよ～」

ふゆりんがニコリと微笑む。ここには芸術的才能を持つ生徒が二人もいるらしい。その二人が今年は同じクラスになったため、ふゆりんはお役御免になったというところだろうか。

「そのバックパネルに絵を描く作業をね、体育館横でやってたの。昼間は他のクラスも同じように作業してたんだけど、夕方になるにつれてだんだん減ってきてね。最終的には、私一人になってた」

だいぶ集中しちゃってたんだよね、と桜庭雫は悔しそうに呟いた。

「そろそろ作業を終わらせなきゃって焦ってたときに、後ろで誰かがしゃがみ込んだ気配がしたの。それから、私の肩越しに、『すごいね、完成が楽しみだ』って声をかけてくれた。私、ちょうど人の顔の部分に取りかかっててね。手が離せなかったから、『ありがとう』って答えただけで、振り返るのが遅れちゃったんだ」

「それはタイミングが悪かったねえ〜」

「本当に」

　ふゆりんの言葉に、桜庭雫が肩を落とす。

「ようやく振り返ったときには、その男子はもう遠くにいってた。でも、角を曲がって見えなくなる直前に、着てる服だけははっきり見えたの。私がデザインした、うちのクラスのTシャツだった」

　あのショッキングピンクのクラスTシャツか、と思い出す。

「イイ匂いがしたのはね――その男子が、私の後ろに立ったときだったの」

「そっかあ。顔を見ていないから、誰だか分からないんだね」

「うん。だから、一緒に捜してほしいの。運命の匂いがする、あの男子を」

　桜庭雫が、目を潤ませながら私たちに視線を向ける。

　なんだか――どうしようもなく、面倒な依頼だ。

「それって、一人ずつクラスの男子の首筋を嗅いでいくわけにはいかないんだよね？　さっきのふゆりんみたいに」

　なっちゃんが尋ねると、「そんなことできるわけないでしょ！」と桜庭雫が怒った声を出した。「冗談だって」となっちゃんが笑う。

「じゃあ、私が代わりに嗅いであげようか？」

　とんでもないことを言い出したのは、ふゆりんだ。それをアキ姉が冷静に止める。

「それは意味がありません。雫さんにとってのイイ匂いが、ふゆりんにとってのイイ匂いとは限らないんですから」

「雫ちゃんはバターコーンだと思っても、私はお漬物だと感じるかもしれない、ってこと？」

「そういうことです」

　ふゆりんは思いのほか呑み込みが早かった。「じゃあ、私はお役に立てないね」と即座に提案を引っ込める。

「七組の全男子のアリバイを確認しましょう。三日前の夕方に、体育館前に現れることのできた男子は誰なのか、候補を絞り込むんです。それが一番確実な方法かと思います」

アキ姉のアイディアに反対する者はいなかった。

……いったい私たちって、何部なんだっけ。

初恋部という部活のアイデンティティが失われつつあるのをひしひしと感じながら、私は仲間たちとともに、再び七組の教室へと歩き出した。


「はい、どうぞ。うちのクラスの名簿」

七組に着くや否や、桜庭雫が気を利かせて用紙を取り出してきた。クラスTシャツの発注数を集計するために一度使用したものらしく、氏名の横にはXSだとかLだとか、いろいろな筆跡でサイズが記入されている。

「男子は全部で――」

「十九人」

私が数え終わるより先に、桜庭雫が即答した。「多いから骨が折れるな」となっちゃんが愚痴を吐き、「どのクラスも同じくらいじゃないですか」とアキ姉がなだめる。

「この名簿を使って、自由に呼び出していいよ。何か言われたら、桜庭雫と北海芙由子に許可を取ってるって伝えてね。あと二時間くらいでクラス全体でのダンス練だから、今いない男子もだんだん登校してくると思う」

　桜庭雫がテキパキと指示する。その他人事のような物言いに、私は首を傾げた。

「えーっと……雫さんも、一緒にいてくれるんだよね？」

「それがねえ」

　えへへ、と桜庭雫が気まずそうに笑い、ふゆりんの肩に手を回す。

「七組女子は、これからムカデ競走の練習なんだ」

「ええっ！　雫さんもふゆりんも選手なの？」

「ううん、まだ分かんない。全員集まるとちょうど三組作れるから、今日はいろいろな組み合わせで試しに競走してみるんだって。その結果で、女子代表の二組を決めるみたい」

「そんな方法でちゃんと決められんの？」

　なっちゃんが頭の後ろに両手を当て、目を細めた。

「ムカデ競走なんて誰も出たくないから、みんな手を抜きそうだけどな。身体が密着するから暑苦しいし、見た目も悪いし。あんな競技より、混合リレーやタイヤ取りのほうがよっぽど楽だよ」

　そんなことを言えるのは、運動神経が抜群な人だけだ。個人への注目度があまりに高い混合リレーも、激しいぶつかり合いが発生するタイヤ取りも、私は絶対にやりたくない。一組あたりの人数が多いムカデ競走は、責任の所在が希薄になるという意味で、身体能力の低い生徒を救済する役割を果たしているのだ。

……といっても、去年は積極的に採点係を買って出たから、競技には一つも出ていないのだけれど。

今年は、やっぱりムカデ競走くらいは出なければならないだろうか。男女二組ずつのクラス対抗リレー形式だから、動員される人数はとても多い。

嫌だなあ。

何も出たくないなあ。暑いし。

「ってことで、よろしくね！」

「ごめんねえ、またあとでね」

桜庭雫とふゆりんの声で、我に返った。顔を上げたときには、二人の姿はすでに廊下へと消えていた。

気がつくと、七組の教室には女子が一人もいなくなっていた。十人ほどの男子が、垂れ幕作りやダンスの練習を続けている。

「うわあ、本当に行っちゃったよ。事情聴取は私たち三人でやれってか」

なっちゃんが思い切り顔をしかめる。その声に、七組の男子が何人かこちらを振り向いた。自分のクラスの女子が誰もいない中、他クラスの女子が三人も教室の入り口に立っているのは、なるほどおかしな光景だろう。

私が持っている名簿を覗き込み、なっちゃんが大声で呼びかけた。

「青池《あおいけ》くーん。いますか」

返事はない。まだ来ていないようだ。

「次。井上《いのうえ》くーん」

教室に沈黙が流れる。男子たちの視線が突き刺さり、私はそっと身を縮めた。

「青池も井上も、もう少ししたら来ると思うけど。どうしたの？」

見かねた様子で、金髪の星野くんが声をかけてきた。なっちゃんはそんな彼に構わず、どんどん名前を読み上げていく。

「宇田川《うだがわ》くーん」

「ああ、宇田川は女子だよ。裕樹って書いてユキって読むんだ」

「じゃあ江藤《えとう》くーん」

「そいつもまだ」

「勝木《かつき》くーん」

「……何？」

星野くんの隣でダンスの振り付けを確認していた男子が、迷惑そうに返事をした。

「ちょっと訊きたいことがあるから、こっちに来て」

「何だよ」

勝木くんは眉をひそめながら、私たちのところに近づいてきた。身体の大きな、ちょっと怖そうな男子だ。名簿を見てみると、案の定、Tシャツのサイズはしだった。

「三日前の夕方、どこにいた？」

「え、三日前って金曜？」

「うん」

「クラスの奴らと遊んでたけど」

「誰と？」

「名前を言えばいいのか？　青池と清水《しみず》だよ」

「証明できる？」

「はあ？　お前ら何を調べてんだ」

訝《いぶか》しがる勝木くんに、「私たちはあくまで調査員ですから、依頼者に関する情報は明かせません」とアキ姉がぴしゃりと言い放つ。

勝木くんは面倒臭がりつつも、スマートフォンをポケットから取り出し、ＬＩＮＥ

のメッセージ履歴を見せてくれた。青池くん、清水くん、勝木くんの三人が、カラオケに行く直前に駅で待ち合わせをしているときのやりとりが、時刻とともに残っていた。

私はそれだけでも十分だと思ったのだけれど、なっちゃんとアキ姉はまだ疑うような目つきをしていた。そんな二人も、勝木くんがダメ押しのように財布からカラオケのレシートを取り出すと、ようやく彼を解放した。

「いっぺんに三人除外できたな。ハル、印つけといてくれる？」

なっちゃんに促され、私は慌てて鞄から筆箱を取り出した。青池くん、清水くん、勝木くんの名前の上に、それぞれ二重線を引く。

一つ一つ可能性を潰していくというのは、気の遠くなるような作業だった。私一人だったら、途中でへこたれていたかもしれない。だけど、なっちゃんが持ち前の大胆さと図々《ずうずう》しさを発揮してくれたおかげで、事情聴取は着々と進んでいった。

勝木くんのように外で遊んでいた男子には、ＬＩＮＥや通話の履歴を確認させてもらう。

塾にいたと言い張る男子には、夏休み中の塾のスケジュールを見せてもらう。

教室で体育祭の準備をしていた、もしくは校庭で部活動に参加していたと話す男子には、目撃者を挙げてもらい、念のためその第三者の証言も得る。難しかったのは、家にいたとか、一人で買い物中だったとか、そういう曖昧なケースだった。

「じゃ、今、親かきょうだいに電話してくれない？　君がその間に外出してなかったか、証言してもらいたいからさ」

家でゲームをしていたという野口《のぐち》くん（どうでもいいけれど、TシャツのサイズはM）は、なっちゃんの無茶な要求に顔色を変えた。

「なんで俺がそこまでしなきゃいけないんだよ」

「どうしても知りたいから」

「理由も教えてもらえないのに協力できるかよ」

「いいの？　容疑者になりたくないなら、身の潔白を証明したほうがいいと思うけど」

なっちゃんが凄《すご》むように言い、揺さぶりをかける。殺人事件の犯人を追う刑事のような形相だ。私たちはただ、桜庭雫の新しい恋の相手を探しているだけなのに。

しかし野口くんは、そんななっちゃんのハッタリに、瞬く間に屈してしまった。その場で姉に電話をかけ、「俺、月曜はずっと家にいたよな！」『うん、確かそうだったねえ』「じゃあな」『え、それだけ?』というぶっきらぼうな会話をスピーカーフォンで聴かせてくれた。

怒って去っていった野口くんにペコペコと頭を下げながら、私は名簿の氏名をまた一つ消した。

しばらくして、星野くんを取り調べる順番が回ってきた。

私の中では、この人が本命だ。

だけど——星野くんはなんと、鉄壁のアリバイを持っていた。

「俺、コンビニでバイト中だったよ」

彼がこちらに向けたスマートフォンの画面には、壁に貼られたシフト表の写真が表示されていた。さすがのなっちゃんも反論の余地がなく、「ご協力ありがとう」と星野くんをダンス練へと帰した。

私は泣く泣く、名簿から星野くんの名前を消した。

その後、ダンス練開始時刻の午後五時が近づくにつれて、七組の教室にはだんだんと男子生徒が増えてきた。登校してきた男子に同じ質問を繰り返し、私たちは不審者扱いをされ続ける。

タイムリミットまであと五分となった頃、ようやく最後の一人が教室に駆け込んできた。

千川翔。一説によるとミルクかサツマイモの匂いがするという、桜庭雫の現在の彼氏だ。

……いや、私たちの調査結果によっては、その地位も危うくなるのかもしれないけれど。

「あ、千川翔。念のため君のアリバイもチェックしとくよ」

「ん？　何の話？」

ぽかんとした顔をしている千川翔に、なっちゃんが手早く尋問をする。

その間、私は不安を抱えながら、手元の名簿を眺めていた。

見落としはないだろうか。

誰かの嘘を、見破れなかったなんてことはないだろうか。

だって。

私はもうすでに、十九人中十八人の男子の名前に、二重線を引いてしまっている
――。

＊

翌日の昼、私たちは学校から徒歩十分ほどのところにあるドーナツショップに集合した。

活動日でもないのに急遽《きゅうきょ》集まった理由は、他でもない、桜庭雫への報告会を開催するためだ。昨日は、七組の女子が時間ギリギリまでムカデ競走の練習から帰ってこなかったため、話す時間が取れなかったのである。

まったくもう。

貴重な高二の夏休みは、残りわずかなのに！

そんなことを考えているうちに、気がつくとドーナツを三つもトレーに載せてしまっていた。太るかもしれないけれど、ストレス発散のためには糖分摂取が不可欠だから仕方ない。

会計を終えて、イートインスペースへと向かう。先に席を取ってくれていたふゆりんが、「こっちだよ～」と片手を上げた。

五人全員が席に座り、ドーナツを食べ始める。最初は雑談でもするのかと思いきや、アキ姉がずばり話を切り出した。

「残念ですが、七組の男子十九人全員に、アリバイが成立しました」

ややあって、アイスティーのグラスを手にしていた桜庭雫が、大きく目を見開く。

「う……嘘っ！　そんなはずないよ。金曜の夕方だよ？　六時前くらい！」

「その条件で尋ねましたよ。ですが、その時間に体育館前に現れることのできた男子はいませんでした」

「そんな……証拠はちゃんと確認したの？」

「ええ。皆さん、何かしらの手段で自分の居場所を証明してくれました」

本当に、奇跡的だったのだ。

高二女子三人による、何の権限もない強引な捜査のわりには、びっくりするほどきちんとすべての証拠が揃った。そのほとんどはＬＩＮＥの履歴や保存された画像だったことを考えると、スマートフォンという文明の利器は実に偉大だ。

「ですが一人だけ、これといった証拠がない方がいました。家で寝ていたということでしたけど、その時間はご家族が全員外出していたみたいで」

「誰？　きっとその人だよ、私の運命の人は！」

「千川翔です」

「……え？」

桜庭雫の表情が固まる。「いやいやっ」と彼女はものすごい勢いで首を左右に振った。

「翔くんのアリバイはどうでもいいよ！」

「だから最初に『全員』と申し上げたんです。おそらく雫さんがそう言うだろうと考えて」

「そういうことだったのね」

「でもさぁ」なっちゃんが口をもぐもぐと動かしながら言った。「イイ匂いの持ち主が実は千川翔でした、って可能性も十分あるんじゃない？　別人かと思ったけど蓋を開けてみたら彼氏の匂いでしたー、彼女の働きっぷりをこっそり見にきてたなんてやっぱり私たちラブラブだねー、みたいな」

「違うってば！」

心外と言わんばかりに、桜庭雫がなっちゃんを睨みつけた。

「あれは翔くんじゃないよ。声だって違ったし……それに、あの匂いは絶対にバターコーンだったし」

「単純に、千川翔がコーンを食べた直後だったのかもよ」

「そういう匂いじゃないんだって！」

「ミルクとバターコーンが混じったら、コーンポタージュになるのかな～」

ふゆりんがわけの分からない相槌を打つ。頼むから、事態を複雑化させるのはやめてほしい。

「ねえ、本当に七組の男子だったの？」なっちゃんがまたドーナツを一口かじった。

「どっか別のクラスの人と見間違えたんじゃない？」

「そんなことないよ。ショッキングピンクのクラスTシャツを着てたもん」

「他のクラスで、似たような色を使ったところがあったとか」

「ないよ！　かぶるのが嫌だからって、星野くんが事前にちゃんとリサーチしてたもん」

「じゃあ私服？」

「あんな色のTシャツを普段から着てる男子はいないと思うけど」

「じゃあお手上げだな」

なっちゃんはあっさり匙《さじ》を投げてしまった。頼みのアキ姉もカフェオレのカップを持ち上げたまま黙っているし、ふゆりんはいつの間にか窓の外に目を向けている。

「ええっと……とりあえず、私たちの調査では見つけられませんでしたってことで、いいかな」

私は恐る恐る口を開いた。ここはさっさと桜庭雫に納得してもらい、私は家に帰って大量に録画してあるドラマを見たい。

「ええっ、ダメだよ。まだ私の運命の人を見つけられてないじゃん！」

「そんな人、本当にいたのかな……」

「私の話を疑う気？」

桜庭雫は予想以上にご立腹のようだ。

そんなにむきにならなくても、そのまま千川翔と幸せに過ごせばいいのに——と、私は心の中で大きくため息をつく。

恋は盲目、という言葉を思い出す。

まさにそのとおりだ。いったん気持ちが燃え上がってしまうと、あとから周りが何を言っても効果がない。自分から告白するほど大好きだったはずの千川翔のよさが見えなくなり、いつの間にか、新しい恋に夢中になってしまっている。

そのとき——私の脳の片隅で、稲妻のような光が弾けた。

「……ん？」

恋は、盲目。

恋は、盲目――。

「どうしましたか」

アキ姉が声をかけてきた。私は慌てて姿勢を正し、桜庭雫へと向き直った。

「あ、あのさ。七組の男子は十九人なんだよね」

「そうだよ」桜庭雫が怪訝そうな顔をする。「昨日渡した名簿で、チェックしなかった？」

「あと、ムカデ競走って、組ごとに人数がバラバラだったりする？」

「は？」

「ほら、ある組は五人、別の組は六人、とかさ」

「ううん、一緒だよ。じゃないと、少ないほうが有利になっちゃうでしょ」

「やっぱり、そうだよね」

ということは、六人ずつか。

いや、一組あたりの人数が五人や七人だったとしても、いずれにしろ――。

「合わない……」

「え？」

桜庭雫がきょとんとした顔をする。一瞬遅れて、なっちゃんも「何が？」と問い返してきた。

その問いには直接的に答えず、私はさらに質問を重ねた。

「ちょっとデリケートな話になっちゃうけど……七組の女子の中に、極端に背が高いとか、横幅がけっこうあるとか……男子並みの体型の人はいる？」

「いないよ。ね、ふゆりん」

「うん。みんな普通だよ」

七組の二人が目を見合わせて頷いた。その様子を見て、私はいよいよ確信を強める。

「ってことは、女子のTシャツのサイズは、みんなXSかS？」

「そのはず。男女共通のサイズだと、M以上は相当大きいから。女子は基本的にS以下にしてねって、星野くんがみんなの前で注意喚起してたし」

ちなみに、男子が申し込んだTシャツのサイズは、昨日アリバイ確認中にずっと名簿を眺めていたから、私も把握している。全員、MかLだった。

「雫さん、今、手帳持ってる？」

「手帳？　あるけど」

「Tシャツのデザインを描いたページを開いてくれる？」

昨日、ふゆりんを追いかけて七組の教室に行ったとき、暇すぎてつい頭の中でやってしまった、変な語呂合わせ。

サイコーな、遺産。

3－15－7－13。

「ムカデ競走の組をちょうど三つ作れる人数ってことは、XSの三人とSの十五人を合わせた、十八人が女子だよね」

「うん、そうだよ」

「一方、Mサイズの七人と、Lサイズの十三人を合わせると――」

「残りの男子全員だから、十九人でしょ」

自信満々に言い切ってから、桜庭雫は手帳のページを二度見した。

「えっ、あれ、二十人？」

彼女は何度も確認するように、手帳に書かれた数字の上に指先を滑らせた。

「星野くんが数え間違えたのかな。それとも、写した私のミス？　あとは、誰かが予備を欲しがったとか――」

「違うと思うよ」

慌てふためき始めた桜庭雫を落ち着かせるため、私は早口で答えた。

この可能性に今の今まで気がつかなかったのは、盲点だったからだ。

「一人、いるでしょう。七組の一員で、アリバイの確認もしていなくて、その時間に学校にいる可能性が高くて、MサイズかLサイズのクラスTシャツを欲しがりそうな人が」

「……あ！」

桜庭雫が叫んだ。

同時に、なっちゃんやアキ姉、ふゆりんも気がついたようだった。「そういうことかあ！」とふゆりんが歓声を上げる。

——おいおい、どうした。うちのクラスを偵察にきたのか？

偵察、というからには、強い帰属意識があるのだろう。

そのことに、もっと早く気づくべきだった。

「泉先生だったんだね！」

桜庭雫が勢いよく席を立った。

弾みで倒れそうになったアイスティーのグラスを、私はすかさず手を伸ばして押さえた。

「泉せーんせいっ」

それから三十分後。私たちは、桜庭雫に付き合わされて学校の職員室へとやってきていた。

早く家に帰って録《と》り溜《た》めたドラマを見たい私にとっては、大変不本意な展開だ。だけど、最後まで見届けてみたいという気持ちも、なくはなかった。

「お？　桜庭じゃないか」

あまり人の多くない職員室の真ん中あたりに、泉先生は座っていた。その椅子の背にショッキングピンクのクラスTシャツがかかっているのを見て、私ははっと息を呑む。

桜庭雫が無言で手招きすると、泉先生は「どうしたどうした」と朗らかに言いながら、席を立ってこちらへと歩いてきた。

「先生、ちょっと壁のほうを向いてくれます？」

廊下に出てきた泉先生に、桜庭雫が心なしか顔を赤らめながら尋ねた。

「何だよそれ。こうか？」

泉先生は笑いながらも、素直にリクエストに応じてくれた。丸腰で取り調べを受ける容疑者にでもなったつもりか、なぜか後頭部に両手を当てたポーズで壁に向かって立つ。

廊下に私たち以外誰もいないことを確認してから、桜庭雫がそっと背伸びをして、泉先生の首筋に鼻を近づけた。ふゆりんまで同じ動作をしようとするのを、私となっちゃんで必死に止める。

泉先生の背中から離れたとき、桜庭雫の頬は上気していた。

「先生、ありがとうございました！」

息を弾ませながら頭を深々と下げ、次の瞬間、身を翻して逃げるように廊下を走っていく。

「え、ちょっと、雫！」

なっちゃんが大声を出し、彼女の後を追った。こちらを振り返った泉先生が、桜庭雫が消えているのに気づいて目を丸くする。

「あいつ、どうしたんだ？」

「さあ……暑さにやられたんじゃないですか」

「俺が壁に張りついてる間、何をしてた？」

「いや、特に何も……」

私はもごもごと言い訳をし、後ずさりをした。

「すみません。私たち、急に連れてこられただけで、雫さんから何も聞いていないんです。あとで問いただしておきますね」

　アキ姉が助け舟を出してくれたおかげで、私たちは無事にその場を去ることができた。ちらりと後ろを見ると、泉先生は呆気に取られた表情で職員室前に佇み、私たちを見送っていた。


　桜庭雫となっちゃんは、昇降口の下駄箱《げたばこ》前にいた。

「ひどいなあ。私たちを置いてくなんて」

　私が文句を言うと、桜庭雫は「ごめんね」と舌を出した。

「でも、合ってた！」

「匂いが？」

「そう。コーンのような、パンケーキのような――バックパネルを描いてるときに嗅いだのと同じだった！」

　コーンとパンケーキの匂いって、全然違うような気がするのだけれど。

　……どこが似ているのだろう。バターをのせたら美味しいところ？

　私が首を傾げている傍ら、ふゆりんが「恋のお相手、見つかってよかったねえ！」とぴょんぴょん跳びはねた。喜び合っている七組の二人に、アキ姉が声をかける。

「あの、雫さん。それで、どうするつもりですか」

「どうする、って？」

桜庭雫がきょとんとした顔をする。アキ姉があからさまにため息をついた。

「決まっているじゃないですか。今後のあなたの身の振り方です」

「ああ……」

「泉先生への恋を成就させようとするなら、千川翔とは別れなければいけませんよ」

そういえばそうだった。

バターコーンの匂いの男性を特定したことですべてが解決した気になっていたけれど、その問題が残っていたじゃないか。

「ただし、教師と生徒の恋愛には、時に倫理的問題や法的問題が付きまといます。泉先生は幸い独身ですし、年齢もまだ二十代だと思いますが、不倫でないからといって特別な関係性が肯定されるわけではありません。いくら生徒側が本気でも、教師側はリスクを回避したいと考えるでしょう。ですから――いったん泉先生のことは忘れて、千川翔と上手くやるのが現実的なのでは？」

泉先生への恋を諦めるのか、それとも千川翔を振るのか。

私はドキドキしながら二人の会話を見守った。

しかし。

「えー、どっちもじゃダメ？」

桜庭雫のあっけらかんとした回答に、アキ姉が眼鏡の奥の目を瞬かせる。

「どっちもって……千川翔と交際を続けつつ、泉先生への思いも捨てない、ということですか」

「うん！　だって好きなんだもん。両方好き！」

彼女はニコリと笑い、ピースサインを出した。

「泉先生をすぐに口説き落とせるとは思わないよ。担任してるクラスの女子高生なんて、絶対相手にしてもらえないもんね。でも、諦めるつもりはないんだ。今は翔くんと一緒にいるのが楽しいし、私の身の丈に合ってると思うけど、卒業したらまた状況が変わるかもしれないから。それまで、この思いは胸の奥で温めとく！」

しばらくの間、私たちは言葉を返すことができなかった。

ようやく、「さっすが、恋愛マスター」となっちゃんが呆れたように口を開く。ふゆりんが「雫ちゃんのそういうとこ、好きだな～」と微笑み、アキ姉が「本人がそうしたいなら仕方ないですね。推奨はしませんけど」と肩をすくめた。

「千川翔のこと、大事にしなきゃダメだよ」

ちょっとだけ不安になって、私は桜庭雫に念を押した。

「あはは、大丈夫だよ。だって大好きだもん」

「泉先生のほうがイイ匂いなのに?」

「運命の匂いを持つ人は、一人とは限らないから」

桜庭雫はそう言って、昇降口に脱ぎ捨ててあったローファーを履いた。鼻歌を歌いながら、足取り軽くドアの向こうへと歩いていく。

「いやあ、すごいよね。私たちはたった一人の恋の相手も作れないのにさ」

なっちゃんが、彼女の後ろ姿を眺めながら笑った。

私たちも、桜庭雫を追って外に出た。


大きな入道雲。どこまでも青い空。

夏休みの終わりを意識させる、ほんのちょっとだけ涼しい風。

私は息を吸い込み、ぽつりと呟いた。

「恋って、結局何なんだろうね」

「さあねえ。奥が深すぎるよ」

なっちゃんが、そばに落ちていた小石を蹴った。

エピローグ

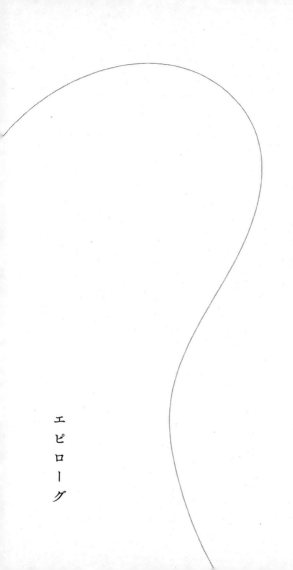

二年二組の教室に足を踏み入れた瞬間、むわん、と甘い香りが押し寄せた。

「ごほっ、ごほっ……え、何これ!」

私は勢いよく咳《せ》き込《こ》み、強烈な匂いの発生源を探した。教室の真ん中で、ふゆりんが机に試験管やらビーカーやらを広げ、色のついた液体を混ぜている。

「それ、消臭剤?」

「違うよ、香料だよ〜」

ふゆりんは上機嫌の様子で、ビーカーに鼻を近づけている。「うーん、もうちょっと」「ミルク多めのイメージで」などとブツブツ呟いているふゆりんを、私はドアの前で固まったまま見つめた。

「あはは、ハルがすごい顔してる」

最前列の机に腰かけているなっちゃんが、私を指差して可笑しそうな顔をする。

「そりゃ驚くよ! トイレに行って帰ってきたら、初恋部が理科実験部になってるんだもん」

「私とアキ姉も度肝を抜かれたよ。まさかここで薬品の調合を始めるとは」

「ふゆりんは何をやってるの?」

「自分の理想の匂いを作り出そうとしてるんだってさ」

「……理想の匂い？」

嫌な予感がして、恐る恐るふゆりんを見やる。彼女はビーカーから顔を上げ、満面の笑みを浮かべた。

「うん、甘いイチゴオレの香り！」

「……ほ？」

「雫ちゃんの講演を聴いてね、決めたんだ。私、この匂いの男の人が現れるのを待つ！」

言われてみれば、教室中にイチゴミルク味のキャンディのような香りが漂っていた。机の脇にかかっているみんなの体操着入れに匂いが付着して、明日苦情が来ないか心配だ。早く換気をしないと。

「一つ忠告しておきますが」と、アキ姉がふゆりんに冷ややかな目を向ける。「雫さんの恋愛観は、なかなか独特ですからね。必ずしも私たち全員に当てはまるとは限りませんよ」

「そうかなあ」

「それに、これほどはっきりとしたイチゴオレの香りがする男子なんて、果たして存在するでしょうか。雫さんの場合も、ミルクやバターコーンそのものの匂いがしたわけではなく、あえて言うなら似ている、くらいの話だったと記憶してますけど」

「でも、ファーストキスはイチゴ味の人が多いって聞くけどなあ」

ふゆりん、それは少女漫画の読みすぎでは？

——とは口に出さず、私はそっと教室を横切って窓を開けた。九月の涼しい風が教室に吹き込み、甘ったるすぎるイチゴオレの香りが徐々に薄まっていく。

「こらぁ、そんなピンポイントすぎる理想を掲げてたら、初恋がどんどん遠ざかっていくぞぉ」

なっちゃんがふゆりんに近づき、肩を揉《も》み出した。ふゆりんがくすぐったそうに身をよじり、弾みでビーカーを倒しそうになる。タイミングよくアキ姉が駆けつけ、事なきを得た。

本当に、なっちゃんの言うとおりだ。

ふゆりんを洗脳した桜庭雫の罪は重い。

「というか……香料もビーカーも、どこから持ってきたの？」

全部の窓を開け終わった私は、教室の真ん中へと戻り、ふゆりんに尋ねた。なっちゃんとじゃれ合っているふゆりんが、ふふ、と笑う。

「香料はね、お父さんのお友達が食品会社に勤めてるから、分けてもらったの。試験管やビーカーは、顧問の後藤先生にお願いして貸してもらったよ～」

　そういえば、我らが二年二組の担任であり、初恋部の名ばかり顧問である後藤先生は、化学の担当だ。

「初恋部の活動で使うって言ったの？　変に思われなかった？」

「香料を混ぜるんですって話したから、もしかしたら、家庭部のほうの活動かと思われたかも」

　やっぱり。いくら頭の柔らかい後藤先生でも、初恋部の部員が恋の香りを調合しようとしているなんて、想像がつくはずがない。

「ふゆりん、大変申し訳ないのですが、香料は捨ててきてもらえませんか。さっきから頭がくらくらくらして――」

　業を煮やしたアキ姉がクレームを入れようとしたとき、不意に教室前方の扉がガラリと開いた。

「うわっ、何この匂い！　消臭剤？」

　勢いよく入ってきた女子生徒が、思い切り顔をしかめる。眼鏡をかけた彼女が村尾さんだということに気づき、私は目を丸くした。村尾さんの後ろには、同じ剣道部の小林さんも立っている。

「これはねえ、消臭剤じゃなくて、私が大好きなイチゴオレの――」

「どうしたの？　誰かに用？」

香りについて解説しようとするふゆりんの言葉を遮り、なっちゃんが前へと進み出る。すると村尾さんが、急にもじもじと身体を動かし始めた。

「誰かにっていうか、初恋部にね」

「初恋部に？　また格技場に幽霊が出たとかじゃないよね」

「あんな騒ぎはもう御免よ」

村尾さんは顔を赤らめ、俯いた。そんな彼女の代わりに、小林さんが言葉を継ぐ。

「噂を聞いてやってきたんだ。『恋愛を成就させたいなら、初恋部を頼れ』っていう」

「は？」

「実績豊富なんでしょ？　うちの庄司と花井ちゃん然り、田中とかるた競技部の部長さん然り、かの有名な七組の千川・桜庭カップル然り。だったらさ、村尾っちの依頼も受けてあげてよ。一年生のときから片想いしてる相手がいて、ずっと恋煩《こいわずら》い中だからさ」

小林さんは真面目な顔で、すらすらと喋る。その平然とした語り口調に面食らい、私は「ご、誤解だよ！」と声を上げた。

「初恋部はね、自分たちが初恋を迎えるために努力する部だよ。他の人の恋を助けるとか、依頼を受けるとか、そういう活動は一切してないから！」

「え、そうなの？」

「そうだよ！」

力強く頷く。後ろを振り返ると、すぐにみんなが助け舟を出してくれた。

「うちらって、恋愛のプロどころか、ダントツのド素人だからな」と、なっちゃん。

「複数のカップルの成立を見届けたのは事実ですが、あれは成り行きですからね」と、アキ姉。

「相談するなら、七組の桜庭雫ちゃんがいいと思うよ。すごいの、恋愛マスターなの！」と、大好きなイチゴオレの香りを至近距離で吸い込んだせいか、妙にテンションが高いふゆりん。

「だからね、私たちを頼るのはお門違いだよ」

私は語気を強め、村尾さんと小林さんの前に立ちはだかった。

「そうだったんだ。残念。じゃ、帰ろっか、村尾っち」

「ええっ、でも」

「だって、依頼は受けてもらえないみたいだし。やっぱ、自力で頑張るしかないよ」

「えええええ……」

幸い、さっぱりした性格の小林さんは、思った以上に諦めが早かった。未練がある様子の村尾さんを、さっさと廊下へと引っ張っていく。

私は手を振って二人を見送り、ゆっくりとドアを閉めた。

「まったく、変な噂を流す人がいるんだなあ。私たちのところに恋愛祈願に来られても困るよ……」

気疲れしてしまい、ふうと息を吐く。すると、なっちゃんが自虐的に笑った。

「でも、実績豊富ってのは、あながち間違いでもないよね。いつもいつも、他人の恋愛に貢献してばっかり。肝心の私たち部員は、誰かに恋をする気配もないのにさ」

「まるで、他の人におすそ分けをしているみたいですよね。私たちが本来するべき恋の回数を」

「それ、つらすぎ！」

アキ姉の言葉に、なっちゃんが額に手を当てて仰け反る。

「いつかは、私たちも無事に初恋を迎えられるのでしょうか」

「さあ、どうだろう」

「もう活動開始から五か月ですよ。だんだん心配になってきました」

「まあ、もっと長い目で自分たちを見守ろうよ。大人になれば、案外いけるかもしれないし」

「それも希望的観測ですね」

「根がポジティブだからさ」

なっちゃんとアキ姉が会話する横で、ふゆりんが不意に立ち上がった。両手を胸に当て、長い睫毛を伏せる。

「あの、みんな。ちょっといいかな」

「何？」

「私ね、最近……恋っていうのがどういう感情か、分かったような気がするの」

突然の、爆弾発言。

私はあまりに驚いて、その場に固まった。なっちゃんは口をぽかんと開け、アキ姉は目を真ん丸にしている。

「ふ、ふゆりん？」

「まさか、初恋ですか」

「本当に？」

三人で口々に問いかける。ふゆりんは力なく頷き、不安げな顔でこちらを見た。

「もしそうだったら……初恋部を、卒業しなきゃいけない？」

「えっ、いや、そんなルールは……うーん、でも……」

「やっぱり、出ていかなきゃだよね。悲しいなあ」

「わっ、私は嫌だよ。ふゆりんが初恋部をやめるなんてっ」

思わず声が高くなる。もちろん本心だった。

初恋部を設立した当初は、部員が集まるなんて思ってもいなかったし、帰宅部のままでいられなかったことを嘆いてもいた。

だけど、今は違う。

週に三回、こうやって四人で集まって、ああだこうだと恋をするための作戦を練る時間は、私の高校生活の大事な一部になっている。

だから、ふゆりんがいなくなってしまったら——。

「恋ってさ、どういう感じなの？」

「ぜひ教えていただきたいですね。今後の参考にしたいです」

なっちゃんとアキ姉が、次々とふゆりんに尋ねた。そんな二人の声にも、複雑な感情が混じっていた。

私と同じだ。最も早くゴールに辿りついた仲間の精神的成長を祝福しようとしつつも、一方で、寂しい思いを拭い去ることができない。

「相手の姿を目にしただけで、胸がドキドキするの」

「へえ」

「愛おしくて、身体中が幸せな気持ちでいっぱいになって、ふわふわ浮いてるみたいな気分になる」

「すごい」――恋って、そんな感じなんだ。

「見つめ合うと、すごく癒されて」

「うん」

「明日からも頑張ろうって元気が出て」

「うんうん」

「ぎゅっと抱きしめると、そのへんを駆け回って喜んでくれて、その姿が可愛くて」

「ん？」

「私のスマホもお母さんのスマホも、その子の写真ばかりで」

「んんん？」

「散歩に行くときは――」

「ちょっと待った！」

なっちゃんがふゆりんの言葉を遮り、腰に手を当てて目の前に仁王立ちした。

「ふゆりん……その恋の相手って？」

「チョコだよ」

「へ？」

「先週から飼い始めた、犬のチョコ！」

ふゆりんがスマートフォンを持ち上げ、こちらに向けた。くるくるとした茶色い毛、つぶらな黒い目。頭にリボンをつけた小型犬の写真が、待ち受け画面になっている。

なっちゃんがゆっくりと手を振り上げ、ぺちんとふゆりんの頭を叩く。

「はーい、ふゆりんの卒業は許しません」

「えっ、どうして？」

「よく考えれば分かるでしょ。いや、普通は考えなくても分かる」

「やっぱり、初恋の相手が犬じゃダメ？」

「ダメだろ！」

なっちゃんがふゆりんの脇腹をくすぐり始める。きゃあ、とふゆりんが可愛い悲鳴を上げ、机の上の実験セットが再び危機にさらされる。

二人の間に割り込んで、私は試験管やビーカーを両腕で抱え込んだ。「本当にさぁ、脅かすなよ！」「わざとじゃないもん～」という頭上で飛び交う会話を聞きながら、そして鼻を直撃するイチゴオレの香りにむせ返りそうになりながら、こっそり苦笑する。

これもこれで、悪くないのかもしれない。

高校生にとっての青春は、何も恋愛だけじゃないはずだ。私たちは決して、貴重な時間を無駄になどしていない。

「ほら皆さん、そろそろ今日の活動を始めますよ。私、インターネットできちんと調べてきたんです。『高校生が絶対読むべき、泣ける恋愛小説ベストテン』。気になりません？」

なっちゃんとふゆりんの騒ぎ声の後ろに、アキ姉の自信満々の声が聞こえた。続いて、机の上にドサッと重いものを広げる音。しっかり者のアキ姉のことだから、事前に図書室で本を借りてきてくれたのだろう。恋愛映画のときの失敗は、彼女の頭からすでに消え去っているようだ。

誰一人、欠けてはいけない。

なっちゃんも、アキ姉も、ふゆりんも――そして、願わくは、部長の私も。

「それでは、初恋部の活動を始めます！」

私は机から顔を上げ、唐突に、そして高らかに宣言した。

「お願いしまーす！」

大好きな仲間たちの声が、教室に響いた。

あとがき

『ヒマワリ高校初恋部！』をお読みくださり、ありがとうございます。作者の辻堂ゆめです。

ハル、なっちゃん、アキ姉、ふゆりんのドタバタ部活ライフ、いかがでしたでしょうか。誰か一人くらいは初恋に成功するんじゃないかと予想された方もいらっしゃったでしょうか。残念ながら、彼女たちが十六年間もの空白を乗り越えて誰かに恋をするには、この本はあまりにも短すぎたようです……。

「女の子四人くらいが部活に打ち込む、青春ものはどうでしょう？」

この作品の構想は、編集担当Mさんのそんな一言から始まりました。

ただ、スポ根のような、まっすぐな正統派の部活ものを書くのには、個人的に抵抗がありました。なぜかというと、恥ずかしながら、私自身に胸を張れるような部活経験がなかったからです（体操、テニス、ソフトボール、チアリーディング、編み物、クイズ研究会など、ちょこちょこかじってはみたけれど）。……とほほ。

「普通の部活は無理だから、いっそのこと、どこにもない部活を作っちゃおう！」

という作者の逃げの姿勢が、ほぼそのまま主人公のハルに乗り移ってしまったといえるでしょう。気づくと、本作のプロローグがあっという間に完成していました。

このような経緯で作り上げた設定に、普段よく書いているミステリの要素をプラスしてできあがったのが、この『ヒマワリ高校初恋部！』という作品です。少しでもお楽しみいただけたようであれば嬉しいです。

外野に振り回されっぱなしの彼女たち四人が、いつか真の目的を達成することを祈って――初恋部に幸あれ！

二〇二〇年一月

辻堂ゆめ

＊追記
この作品は、二〇二〇年一月にＬＩＮＥ文庫から刊行されましたが、その後レーベル自体が廃刊となり、紙書籍が絶版になっておりました。

そっかぁ……せっかくハルたちのドタバタを楽しく書かせてもらったけれど、うーん、残念だなぁ……。

という誰にも吐露していなかった寂しい思いをいち早く汲み取ってくださり、「うちで出し直しませんか？」と声をかけてくださった実業之日本社の編集担当Kさんと上長のSさんには、感謝してもしきれません。

ハル、なっちゃん、アキ姉、ふゆりん、みんなよかったね。

それではもう一度。

初恋部に幸あれ！

二〇二一年六月

辻堂ゆめ

本作は『ヒマワリ高校初恋部！』（ＬＩＮＥ文庫、二〇二〇年刊行）を改題し、再文庫化しました。

本作品はフィクションであり、実在の個人・団体とは一切関係がありません。（編集部）

実業之日本社文庫　最新刊

赤川次郎
花嫁は迷路をめぐる
モデルとして活躍する姉の前に死んだはずの妹が現れた!?　それと同時に姉妹の故郷の村役場からは2000万円が盗まれ――。大人気シリーズ第32弾！
あ121

安達 瑶
紳士と淑女の出張食堂
このご時世で開店休業状態の高級ケータリング料理店。どんな依頼にも応えるべく、出向いた先で毎度珍事件が――抱腹絶倒のグルメミステリー！
あ87

井川香四郎
桃太郎姫 百万石の陰謀
讃岐綾歌藩の若君・桃太郎に岡惚れする大店の若旦那が、実は前加賀藩主の御落胤らしい。そのことを利用して加賀藩乗っ取りを謀る勢力に、若君が相対する！
い108

江上 剛
銀行支店長、泣く
若手行員の死体が金庫で発見された。調査の中で、同行が手がける創薬ビジネスのキーマンである研究医との奇妙な関係が浮かび上がり――。傑作経済エンタメ！
え14

今野 敏
処断 潜入捜査〈新装版〉
魚の密漁、野鳥の密猟、ランの密輸の裏には、姑息な経済ヤクザが――元刑事が拳ひとつで環境犯罪に立ち向かう熱きシリーズ第3弾！（解説・関口苑生）
こ216

西條奈加
永田町小町バトル
待機児童、貧困、男女格差……ニッポンの現代社会に巣食う問題に体当たり。「キャバ嬢議員」小町の奮闘を描く、直木賞作家の衝撃作！（解説・斎藤美奈子）
さ81

実業之日本社文庫　最新刊

櫻いいよ
きみに「ただいま」を言わせて
小学生の舞香は5年前に母親と死別し、母の親友とその夫に引き取られる。血の繋がらない三人家族、それぞれが抱える「秘密」の先に見つけた、本当の幸せとは!?
さ9 1

櫻井千姫
16歳の遺書
私の居場所はどこにもない。生きる意味もない――。辛い過去により苦悶の日々を送る女子高生・絆。だが、ある出会いが彼女を変えていく…。命の感動物語。
さ10 1

辻堂ゆめ
初恋部　恋はできぬが謎を解く
初めて恋をすることを目指して活動する初恋部の女子高生四人。ところが出会うのは運命の人ではなく校内で起こる奇妙な謎ばかりで……青春×本格ミステリ!
つ4 1

葉月奏太
寝取られた婚約者　復讐代行屋・矢島香澄
IT企業社長・羽田は罠にはめられ、彼女と会社を奪われる。香澄に依頼するも、暴力団組長ともうひとりの復讐代行屋が立ちはだかる。超官能サスペンス!
は6 11

睦月影郎
淫魔女メモリー
小説家の高志は、裏庭の井戸から漂う甘い香りに誘われて降りてみると、そこには地獄からの使者が!?　淫魔大王から力を与えられ、美女たち相手に大興奮!
む2 14

南　英男
偽装連鎖　警視庁極秘指令
元IT社長が巣鴨の路上で殺された事件で、タレントの恋人に預けていた隠し金五億円が消えていたことが判明。社長を殺し、金を奪ったのは一体誰なのか!?
み7 19

実業之日本社文庫　好評既刊

知念実希人　リアルフェイス

天才美容外科医・柊貴之。金さえ積めばどんな要望にも応える彼の元に、奇妙な依頼が舞い込む。さらに整形美女連続殺人事件の謎が…。予測不能サスペンス。

ち13

知念実希人　レゾンデートル

末期癌を宣告された医師・岬雄貴は、不良から暴行を受け、復讐を果たすが、現場には一枚のトランプが……。最注目作家、幻のデビュー作。骨太サスペンス!!

ち14

知念実希人　誘拐遊戯

女子高生が誘拐された。犯人を名乗るのは「ゲームマスター」。交渉役の元刑事が東京中を駆け回るが…。衝撃の結末が待つ犯罪ミステリー×サスペンス!

ち15

知念実希人　崩れる脳を抱きしめて

研修医のもとに、彼女の死の知らせが届く……。愛した彼女は本当に死んだのか? 驚愕し、感動する、恋愛ミステリー。著者初の本屋大賞ノミネート作品!

ち16

東川篤哉　放課後はミステリーとともに

鯉ケ窪学園の放課後は謎の事件でいっぱい。探偵部副部長・霧ケ峰涼のギャグは冴えるが推理は五里霧中。果たして謎を解くのは誰?（解説・三島政幸）

ひ41

実業之日本社文庫　好評既刊

東川篤哉
探偵部への挑戦状　放課後はミステリーとともに
美少女ライバル・大金うるるが霧ケ峰涼の前に現れた——探偵部対ミステリ研究会、名探偵は『ミスコン』＝ミステリ・コンテストで大暴れ!?（解説・関根亨）
ひ42

真梨幸子
6月31日の同窓会
同窓会の案内状が届くと死ぬ!?　伝統ある女子校・聖蘭学園のOG連続死を調べる弁護士の凛子だが……先読み不能、一気読み必至の長編ミステリー！

ま21

宮下奈都
よろこびの歌
受験に失敗し挫折感を抱えた主人公が、合唱コンクールをきっかけに同級生たちと心を通わせ、成長する姿を美しく紡ぎ出した傑作。（解説・大島真寿美）
み21

宮下奈都
終わらない歌
声楽、ミュージカル。夢の遠さに惑う二十歳のふたりは、突然訪れたチャンスにどんな歌声を響かせるのか。青春群像劇『よろこびの歌』続編！（解説・成井豊）
み22

柚木麻子
王妃の帰還
クラスのトップから陥落した〝王妃〟を元の地位に戻すため、地味女子4人が大奮闘。女子中学生の波乱の日々を描いた青春群像劇。（解説・大矢博子）
ゆ21

実業之日本社文庫 つ41

初恋部《はつこいぶ》　恋《こい》はできぬが謎《なぞ》を解《と》く

2021年6月15日　初版第1刷発行

著　者　辻堂《つじどう》ゆめ

発行者　岩野裕一
発行所　株式会社実業之日本社
〒107-0062　東京都港区南青山 5-4-30
CoSTUME NATIONAL Aoyama Complex 2F
電話 [編集]03(6809)0473 [販売]03(6809)0495
ホームページ https://www.j-n.co.jp/
ＤＴＰ　ラッシュ
印刷所　大日本印刷株式会社
製本所　大日本印刷株式会社

フォーマットデザイン　鈴木正道(Suzuki Design)

ISBN978-4-408-55669-7（第二文芸）